# 클래식 클래스

# 클래식 클래스


발행일 2020년 5월 13일

지은이 임은석
펴낸이 손형국
펴낸곳 (주)북랩
편집인 선일영 편집 강대건, 최예은, 최승헌, 김경무, 이예지
디자인 이현수, 김민하, 한수희, 김윤주, 허지혜 제작 박기성, 황동현, 구성우, 장홍석
마케팅 김회란, 박진관, 조하라, 장은별
출판등록 2004. 12. 1(제2012-000051호)
주소 서울특별시 금천구 가산디지털 1로 168, 우림라이온스밸리 B동 B113~114호, C동 B101호
홈페이지 www.book.co.kr
전화번호 (02)2026-5777 팩스 (02)2026-5747

ISBN 979-11-6539-216-1 03810 (종이책) 979-11-6539-217-8 05810 (전자책)





이 도서의 국립중앙도서관 출판예정도서목록(CIP)은 서지정보유통지원시스템 홈페이지(http://seoji.nl.go.kr)와
국가자료공동목록시스템(http://www.nl.go.kr/kolisnet)에서 이용하실 수 있습니다.
(CIP제어번호: CIP2020018972)

# 클래식 클래스

지혜의 숲으로 우리를 안내하는
동양고전 에세이

**임은석** 지음

고전을 읽지 않아도 사는 데 지장이 없지만,
보다 나은 삶을 원한다면 고전을 가까이 하라.
시간이 없는 사람을 위해 방대한 고전의 숲에서 찾아낸
동양고전의 정수 64가지 이야기

북랩 book Lab

## 책을 내면서

동양고전과 역사는 수백, 수천 년 전의 내용이지만 새로운 눈으로 읽으면 조금도 진부하거나 지루하지 않고 읽을 때마다 새롭고 재미가 있다.

오랜 세월 동안 많은 사람의 평가를 받으며 생명력을 유지해 온 고전과 역사에는 어느 시대에나 적용될 수 있고 공감이 가능한 삶의 지혜가 담겨있기 때문이다.

시간이 흐르면 지식은 변할 수 있지만 삶의 지혜는 불변이다.

고전과 역사는 마르지 않는 지혜의 샘이며, 스토리텔링의 보물창고이며, 인간에 대한 이해의 조력자이다. 우리는 고전과 역사를 공부하면서 시공을 초월하여 옛사람들을 만나고 옛 문화를 경험할 수 있다.

어떤 내용은 따뜻하고, 어떤 내용은 통쾌하고, 어떤 내용에는 감탄하게 되며, 또 어떤 내용에는 가슴이 짠해진다.

나는 고전이나 역사를 학문적으로 공부한 사람이 아니며 전문 작가도 아니다.

이 책에 담긴 내용은 직장을 은퇴한 후 동양고전과 역사가 재미있어 책을 읽고 강의를 들으며 메모하고 기억해 두었던 좋은 문장과 일화들을 일상의 느낌을 더해 정리해 본 것이다.

워낙 전문성이 낮고 필력도 약한 탓에 졸필과 내용 오류에 대한 걱정을 떨칠 수 없었지만, 내가 공부를 하면서 느꼈던 재미와 삶의 지혜 그리고 교훈을 다른 사람들과 조금이라도 나누고 싶은 욕심에 용기를 냈다. 나아가 학생과 직장인을 포함한 보다 많은 사람이 조금은 멀게 느껴 왔을 동양고전과 역사에 관심을 갖는 작은 계기가 될 수 있으면 좋겠다는 생각도 해보았다.

이 책은 그동안 다음 블로그 '클래식 클래스'에 올렸던 글 가운데 일부를 추려서 그 내용을 수정·보완해 엮은 것이다. 위대한 고전과 역사서를 남겨 가르침을 주신 공자, 사마천 등 옛 성현들과 그 가르침을 이해하기 쉽게 설명해 주신 여러 선생님께 감사를 드린다. 아울러, 글을 써 블로그에 올리는 동안 관심과 격려를 아끼지 않았던 가족과 친구들에게도 감사의 마음을 전한다.

나는 강원도에서 태어나 원주고등학교와 부산대학교 정외과를 졸업하고, LG그룹과 삼성물산에서 삼십여 년 동안 홍보업무를 담당했으며, 이제는 동양고전과 역사를 공부하는 즐거움을 벗하고 있다.

많지는 않겠지만 이 책의 판매에 따른 인세는 모두 불우한 이웃을 위한 성금으로 기탁할 것을 약속한다.

임은석

# 차례

# 배움의 즐거움

언젠가 미국의 오바마 전 대통령이 한국인들의 교육열을 칭찬한 것이 뉴스로 보도된 적이 있다. 그의 말처럼 옛날부터 한국을 비롯한 동양의 교육열은 대단했다.

학문을 숭상하는 유교 정신에 부와 명예를 한꺼번에 얻을 수 있는 과거시험의 영향이 더해진 결과라고 볼 수 있다.

玉不琢不成器 人不學不知道 (옥불탁불성기 인불학부지도)

옥은 다듬지 않으면 그릇이 되지 못하고, 사람은 배우지 않으면 도를 모른다.

병인양요는 서세동점의 시기인 조선 말엽 프랑스 함대가 강화도에 침입한 사건이다.

그 당시 프랑스 군인들은 정조 임금이 강화도의 외규장각에 보관해두었던 의궤 등 많은 책을 약탈해 갔는데, 강화도의 가난한 백성들이 사는 작은 오막살이 집에도 책이 있는 것을 보고는 감동했다고 한다.

1902년 하와이 사탕수수밭 노동자로 첫 이민을 떠난 우리의 조상들은 힘들고 열악한 생활에도 불구하고 불과 일 년 만에 현지에 학교를 세우고 자식들을 가르치기 시작했을 정도로 우리 선조들은 교육을 다른 무엇보다 우선시했다.

好學深思 心知其意 (호학심사 심지기의)

배우길 즐겨 하고 생각을 깊게 하면 마음으로 그 뜻을 안다.

중국 최고의 역사서인 '사기(史記)'의 저자 한나라 사마천이 제시한 배움의 방법론이다.

이천 년 이상의 세월이 지난 세상을 살면서도 호학심사가 아닌 입시 위주, 취업 위주, 암기 교육에 매달리는 우리의 교육 현실을 부끄럽게 만드는 문장이다.

學而時習之 不亦說乎 (학이시습지 불역열호)

배우고 때맞춰 익히면 이 또한 즐겁지 아니한가.

'논어'의 첫 부분인 학이편 첫 문장으로, 공자의 이 간결한 말 한마디는 고금을 통틀어 학습에 관한 최고의 명문이라고 할 수 있다.

오늘날 우리가 흔히 쓰는 '학습'이라는 단어 또한 이 문장에서 비롯되었다고 한다.

'학습'에서 익힌다는 의미의 한자 '습(習)'은 알에서 부화한 어린 새가 날갯짓을 하며 나는 연습을 하는 아름다운 모습을 형상화한 글자이다.

조선 초기의 학자인 매월당 김시습의 아버지는 논어의 이 문장에 매료되어 아들이 태어났을 때 이름을 '시습(時習)'으로 지었다고 한다.

어린 시절부터 천재로 소문이 나 오세동자(五歲童子)라고도 불렸던 김시습은 비록 세조의 왕위 찬탈에 실망해 벼슬을 맡지는 않았지만, 해박한 지식과 문장으로 이름을 후세에 전하고 있다.

發憤忘食 樂以忘憂 (발분망식 낙이망우)

알고자 하는 마음이 생기면 밥 먹는 것도 잊고, 배움의 즐거움으로 근심조차 잊는다.

三人行必有我師 (삼인행필유아사)
擇其善者而從之 (택기선자이종지)
其不善者而改之 (기불선자이개지)

세 사람이 길을 가면 반드시 나의 스승이 있다.
좋은 점은 가려서 따르고, 좋지 않은 점은 고쳐야 한다.

不恥下問 (불치하문)

모르는 것이 있으면 아랫사람에게 묻는 것도 부끄러워하지 않는다.

공자의 호학 정신이 잘 드러나는 문장들이다. 배움은 공자의 인생에서 가장 중요한 키워드였다. 공자가 주역을 열심히 읽은 나머지 죽간을 꿰맨 가죽끈이 세 번이나 끊어졌다는 일화로 인해 위편삼절(韋編三絕)이라는 고사성어가 생겨났는데, 책 읽기와 학업에 힘쓰는 것을 비유하는 말이다.

공자는 직접 학원을 세워 예(禮, 예절), 악(樂, 음악), 사(射, 활쏘기), 서(書, 글쓰기), 어(御, 마차 몰기), 수(數, 산수) 등 여섯 가지 과목을 삼 년 과정으로 가르쳤는데, 일상생활에 필요한 실용 교육에 치중했다는 점과 정서적인 면, 육체적인 면 모두를 고려한 균형 잡힌 교과목을 선정했다는 점이 흥미롭다.

공자의 학원은 학생 수가 자그마치 3천 명이나 되었고, 열 명의 학장급 제자와 72명의 교수급 제자가 이들을 가르쳤다고 하니 가히 오늘날의 대학에 비견될 만한 규모이다.

> 學而不思則罔 思而不學則殆 (학이불사즉망 사이불학즉태)
>
> 배우기만 하고 생각하지 않으면 얻는 게 없고, 생각만 하고 배우지 않으면 위태롭다.

학교에서 교육을 받더라도 사색의 과정을 거쳐 자기 것으로 체득하지 않으면 무의미하고, 생각만 하고 그것을 학습을 통해 체계화하지 않으면 독단에 빠지기 쉽다.

공자는 "옛날에 배우는 자들은 위기지학(爲己之學)을 하였는데, 지금의 배우는 자들은 위인지학(爲人之學)을 한다."라고 비판한 적이 있다. 위기지학은 자신의 내면의 기쁨을 위해 배움 자체를 즐기는 일이지만, 위인지학은 다른 사람에게 과시하고 입신양명의 수단으로 삼기 위한 배움이라고 할 수 있다.

요즈음 개인의 영달을 위해 학문을 올바르게 펴지 않고 그것을 왜곡해 시류에 아부하고 출세하려는 곡학아세(曲學阿世)의 지식인들이 종종 눈에 띈다.

소신을 접고 권력과 여론의 눈치를 살피는 이런 사람들은 학문을 시작하던 초심으로 돌아가야 할 것이다.

거친 옥의 원석을 자르고, 썰고, 쪼고, 갈아서 아름다운 옥으로 만드는 과정을 절차탁마(切磋琢磨)라고 하는데, 학문이나 덕행을 갈고닦는 긴 인고의 시간을 비유하는 말이다. 학창 시절 "절차탁마 학업에 열중해야 한다."라는 선생님의 훈시를 한번쯤 들어본 사람이 결코 적지 않을 것이다.

# 신뢰를 잃으면 설 수 없다

새로운 정권이 시작될 때마다 개혁을 이루겠다는 목소리가 높았지만 이렇다 할 성과를 내놓은 경우는 거의 없었고, '혹시나' 하며 기대를 걸었던 국민들은 '역시나' 하는 실망을 반복했다.

개혁의 성공 조건은 믿음과 신뢰이다. 개혁이 실패하는 원인은 기득권층의 저항과 방해 때문이기도 하지만, 그에 못지않게 중요한 원인이 개혁을 이끄는 리더의 진정성이다.

리더의 사심이 배제된 진정성은 조직 구성원들로부터 믿음과 신뢰를 얻는 가장 큰 담보물이다. 한자 '믿을 신(信)'은 '사람(人)'과 '말(言)'의 결합으로 이루어진 글자다.

말과 행동이 다른 사람을 신뢰할 수는 없다.

民無信不立 (민무신불립)

제자인 자공이 공자에게 정치에 대해 물었다.

"정치를 하자면 무엇이 가장 중요합니까?"

공자가 말했다.

"양식을 풍족하게 하고(足食 족식), 군사를 풍족하게 하고(足兵 족병), 백성에게 믿음을 줘야 한다(民信之矣 민신지의)."

자공과 공자의 대화는 이어진다.

"그중에서 부득이 하나를 버린다면 무엇을 버려야 합니까?"

"군대를 버려라(去兵 거병)."

"또 하나를 버려야 한다면 무엇을 버려야 합니까?"

"식량을 버려라(去食 거식). 백성에게 신의를 잃으면 잠시라도 설 수 없는 것이다(民無信不立 민무신불립)."

공자는 이천 오백여 년 전 모든 것이 부족해 당장 먹고 사는 일이 무엇보다 시급하고 생존조차 보장받을 수 없었던, 모든 것이 불확실한 난세인 춘추시대임에도 불구하고 신의를 정치와 삶의 가장 중요한 덕목으로 꼽았다. 안보와 경제를 앞세워 국민의 자유를 제한하고, 사회적 신뢰라고 하는 가치체계를 무너뜨린 개발 독재를 경험한 우리에게 남다른 교훈을 준다.

立木得信 (입목득신)

진(秦)나라의 개혁가 상앙은 개혁에 있어서 가장 중요한 선결과제가 백성의 믿음을 얻는 일이라고 생각했다. 그래서 개혁을 위한 법을 마련한 다음 그것을 시행하기에 앞서 백성들에게 우선 신뢰를 쌓기로 했다.

상앙은 그리 크지 않은 나무 기둥을 남문에 세워 놓고 그것을 북문으로 옮기는 사람에게 십 금을 준다고 했다. 그러나 백성들이 그 말을 의심하며 비웃자 상앙은 상금을 오십 금으로 올렸고, 이에 어떤 할 일 없는 젊은이가 나서 심심풀이 삼아 기둥을 옮기자 상앙은 그에게 즉시 오십 금을 주었다. 그 광경을 지켜본 백성들의 마음에는 나랏일과 법에 대한 신뢰가 싹트기 시작했다.

조직 구성원들의 신뢰가 무엇보다 중요하다는 입목득신 또는 이목

지신(移木之信) 고사성어가 생겨난 일화이다.

尾生之信 (미생지신)

춘추시대 노나라 사람 미생은 어떤 여자와 다리 밑에서 만나기로 약속을 했다. 약속된 시간에 여자가 아직 오지 않았는데 갑자기 물이 불어나 미생은 위험에 처했다. 그러나 미생은 자리를 뜨지 않고 다리 기둥을 껴안은 채 버티다가 결국 물에 빠져 죽고 말았다.

약속을 목숨만큼 소중하게 여긴 미생지신의 고사이다. 미생지신은 상반된 의미로 해석되기도 하는데, 신의가 두터운 사람의 본보기로 삼기도 하고, 우직하여 융통성이 없는 사람으로 비하되기도 하는데, 어느 쪽에 방점을 두는가는 사람마다 다를 것이다.

병법의 대가인 손자는 장군, 즉 리더가 갖추어야 할 덕목으로 지(知), 신(信), 인(仁), 용(勇), 엄(嚴) 등 다섯 가지를 들었다. 여기서 '신'은 곧 신뢰이다.

장군이나 리더가 그를 따르는 사람들에게 신뢰와 믿음을 주기 위해서는 먼저 솔선수범해야 한다. 누가 진정한 리더인지는 조직이 위기에 처해 있을 때 그 사람이 어디에서 무엇을 하고 있는지를 보면 알 수 있다. 세월호가 침몰하던 그 엄혹한 일곱 시간 동안 우리의 최고 지도자는 무엇을 하고 있는지 국민들은 전혀 몰랐고, 그것은 결국 불행한 역사의 한 단초가 되었다.

장군 또는 리더의 신뢰와 관련해서는 오기연저(吳起吮疽) 일화가 유명하다.

중국 전국시대 위나라 출신 오기 장군은 손자와 쌍벽을 이루는 병법의 대가였다. 그는 군대가 행군할 때는 수레를 타지 않았고, 잠을 잘 때도 깔개를 쓰지 않았으며, 자신의 양식은 직접 휴대하는 등 병사들과 동고동락했다. 게다가 병사의 다리에 난 종기에 자신이 직접 입을 대고 고름을 빨아내는 오기연저를 실행했다.

이렇게 오기는 병사들과 신뢰를 쌓은 덕분에 싸우면 늘 이기는 상승장군(常勝將軍)이 될 수 있었다.

신뢰와 믿음은 사회를 지탱하는 기둥이라고 할 수 있다.

사람에 대한 믿음과 법에 대한 신뢰가 없다면 사람들은 아무런 활동도 할 수 없게 되고, 그 사회와 조직은 무너지고 말 것이다. 공자가 말한 민무신불립(民無信不立)을 가슴에 새겨야 하는 이유이다.

# 조화는 아름다움이다

조화를 이룬다는 것은 곧 아름답다는 것이다.

이목구비가 조화를 이룬 사람을 잘생겼다 하고, 감정의 조화를 잘 유지하는 사람을 성격이 좋다고 한다. 다양한 맛이 조화를 이룬 음식은 맛이 있다고 하며, 구도가 잘 잡혀 조화를 이룬 사진이나 그림은 명화라고 하여 사람들의 사랑을 받는다.

또한, 조직의 상하 구성원들이 목표를 공유하고 각자의 활동이 조화를 이루는 기업을 일류 회사라고 한다.

사람들은 일상의 여러 분야에서 조화를 이루는 최적의 조건을 찾고 또 유지하기 위해 오래전부터 많은 노력을 기울여 왔는데, 레오나르도 다빈치의 인체 비례도나 시각적으로 가장 안정감을 주고 아름답다는 1 : 1.618의 황금비율이 그 대표적인 결과물이라고 할 수 있겠다.

오미자(五味子)는 신맛, 단맛, 쓴맛, 짠맛, 매운맛의 다섯 가지 맛이 적절히 조화를 이룬 과일로, 사람들에게 한쪽으로 치우치지 말라는 교훈을 주는 열매라고 한다.

공자는 논어에서 군자오미(君子五美), 즉 군자가 갖추어야 할 다섯 가지 덕목으로 배려(惠, 혜), 노력(勞, 노), 꿈과 비전(欲, 욕), 신중함(泰, 태),

위엄(威, 위)을 들고 있다. 조직의 리더는 배려가 지나쳐 간섭이 되지 않고, 꿈과 목표가 지나쳐 탐욕으로 비치지 않으며, 신중함이 지나쳐 교만함으로 보이지 않도록 균형 잡힌 리더십을 유지해야 할 것이다.

君子和而不同 (군자화이부동)
小人同而不和 (소인동이불화)
군자는 조화를 이루지만 같음을 강요하지 않고,
소인은 같음을 추구하지만 조화를 이루지 못한다.

논어에 나오는 공자의 말이다.

조화는 다름, 차이, 다양성을 전제로 하며, 다름, 차이, 다양성은 그 자체로 아름다운 것이다. 무지개가 아름다운 것은 서로 다른 일곱 빛깔이 조화를 이루기 때문이며, 봄과 가을의 자연이 아름답고 사람들이 좋아하는 까닭 역시 다양한 모양과 색깔의 꽃, 그리고 울긋불긋한 단풍이 조화를 이루고 있기 때문이다.

사람들은 자연의 다양성에는 찬사를 보내면서 자기와 생각이 다른 사람에게 화를 내거나 그들을 멀리하려는 경향이 있다. 생각의 다름, 차이가 결코 생각의 옳고 그름이 아니다. 다양한 생각과 의견이 조화를 이루며 공존하는 것이야말로 그 사회의 건전성과 발전 잠재력을 보여주는 것이며, 그런 나라가 선진국이다.

君子周而不比 (군자주이불비)
小人比而不周 (소인비이불주)
군자는 두루 어울리지만 편을 나누지 않고,
소인은 편을 가르고 두루 어울리지 않는다.

우리나라 사람들은 편 가르기를 좋아한다. 우리가 즐겨 사용하는 '우리'라는 단어의 이면에서도 편 가르기의 정서를 읽을 수 있다. 여러 모임 가운데 특히 종친회, 향우회, 동창회 같은 모임이 성황을 이루는 것도 혈연, 지연, 학연이라는 보다 뚜렷한 기준을 바탕으로 모일 수 있기 때문이다. 사회적 동물인 인간이 편을 갈라 모이는 것 자체가 문제라고 할 수는 없지만, 일단 편을 갈라 구분하고 난 다음에 자기 편이 아닌 나머지 사람들을 배척하고 차별하는 것이 문제이다.

조직의 리더는 나와 남을 나누지 않고 두루두루 어울려 조화를 이루도록 해야 한다. 자신의 뜻과 같지 않더라도 귀를 열어 상대방의 말을 경청하고 공감하며 소통함으로써 다름을 인정하고 포용해야 한다.

哀而不悲 樂而不淫 (애이불비 낙이불음)

슬퍼하되 몸이 상할 정도로 비탄에 빠지지 말고, 즐거워하되 도를 넘어 음란함에 이르지 말아야 한다.

희로애락의 감정을 불편불과불급(不偏不過不及), 다시 말해 한쪽으로 치우치거나 혹은 넘침이나 모자람이 없도록 잘 다스려 조화를 이루는 것을 중용(中庸)이라 한다. 옛 선비들은 중용을 삶의 소중한 가치로 여겼다.

서양의 과학 분야에서 유래되어 이제는 경영학이나 조직이론에서 폭넓게 사용되는 시너지(Synergy)라는 단어도 조화를 이뤄 힘과 효과를 더 한다는 의미로, 동양의 화(和)와 동일한 개념이라고 하겠다.

자연은 조화의 대표적인 산물이며, 우리가 자연을 좋아하는 이유도 그 조화로움을 보기 위해서이다. 그런데 자연의 조화도 훼손되고 깨지는 경우가 있다. 한 번 훼손되고 깨진 자연의 조화를 다시 회복하기 위해서는 많은 비용과 노력과 시간이 필요하다.

자연과 마찬가지로 개인과 사회의 조화도 그냥 얻어지는 것이 아니라 치열한 노력과 자기 수양을 통해서 가능하다는 점을 명심해야 할 것이다.

# 큰 도둑과 작은 도둑

요즈음 개들은 도둑을 봐도 잘 짖지 않는다고 한다. 그 이유는 도둑들이 너무 많고, 무엇보다 자기에게 밥을 주는 주인마저 도둑이라 차마 짖을 수가 없다는 것이다. 곳곳에 부정부패가 만연한 우리 사회를 풍자한 우스갯소리로, 좀 썰렁하지만 씁쓸한 뒷맛이 남는다.

도둑에는 큰 도둑과 작은 도둑이 있다.

작은 도둑은 생계를 위해 도둑질을 하지만, 큰 도둑은 축재를 위해 도둑질을 한다.

작은 도둑은 개인의 재물을 훔치지만, 큰 도둑은 나라의 재물을 훔친다.

나라에 작은 도둑이 많아지는 것은 큰 도둑이 많기 때문이다. 큰 도둑이 없어지면 작은 도둑은 자연히 사라질 것이다.

중국 전국시대의 도가 철학자인 장자는 "혁대 하나를 훔치면 사형에 처하지만, 나라를 훔치는 자는 사람들의 존경을 받으며 산다."라고 했다.

한나라 무제 때의 역사가 사마천은 사기 백이숙제열전에서 "백이와 숙제는 어질고 행실이 깨끗했지만 수양산에서 굶어 죽었고, 유명한 도둑인 도척은 날마다 죄 없는 사람을 죽이고 인육으로 회를 뜰 정도로 악행을 저질렀지만 평생 잘 살면서 장수를 누렸다. 천도시야비야(天道是耶非耶), 하늘의 도는 과연 옳은 것인가 틀린 것인가?"라는 원망의 질문을 던졌다.

이보다 앞선 춘추시대의 노자는 "천망회회 소이불실(天網恢恢 疏而不失), 하늘의 그물은 크고 넓어서 성긴 듯 보이지만 놓치는 것이 없다."라고 했지만, 과연 우리 사회의 정의가 살아 있는지 회의가 들 때가 적지 않은 것이 현실이다.

나라를 훔치는 큰 도둑이란 무력으로 정권을 탈취하는 사람만 의미하는 것이 아니다. 나랏일을 담당하는 관리가 그 권한과 영향력을 이용해 뇌물 같은 사익을 챙기는 경우는 물론, 국민의 세금인 나랏돈을 횡령하거나 국민을 위해 마땅히 해야 할 일을 하지 않고 봉급만 축내는 사람들 역시 나라를 훔치는 큰 도둑이다.

공자는 "나라 살림을 해야 할 관리들이 제 살림하기에 급급하면 그 나라는 도둑을 가슴에 품고 있는 꼴이 되고, 관리들이 부자로 살려고 하면 강도를 모시고 사는 꼴이 된다."라고 했다.

영조 때의 문신 심익운은 외출했다가 집으로 돌아오는 길에 머슴이 큰 뱀을 잡았다가 곧 놓아주고, 작은 뱀은 잡아서 죽이는 장면을 보았다. 그 연유를 물었더니 머슴은 "큰 뱀은 영(靈)이 있어서 죽일 수 없다. 죽이면 사람에게 앙갚음을 한다. 그렇지만 작은 뱀은 아직 어려서 죽이더라도 사람에게 앙갚음을 못한다."라고 말했다.

후안무치한 큰 도둑들은 오히려 보란 듯이 잘 살고, 이른바 생계형 좀도둑은 가혹한 처벌을 받는 모순된 현실을 큰 뱀과 작은 뱀의 경우를 들어 꼬집은 일화이다.

조선 후기 실학자이며 민본사상가인 정약용은 전라도 강진에서 유배 생활을 할 때 탐관오리들의 횡포와 그로 인한 백성들의 비참한 생활을 생생하게 목격하고 그에 대한 신랄한 비판과 함께 개혁의 방안을 목민심서와 경세유표 등의 저서에 담았다.

정부 고위직에 오르려는 사람들이 국회의 인사청문회를 통과하지 못하고 낙마하는 경우를 종종 본다. 청문회 무용론을 주장하는 일부 여론도 있지만, 작은 비리를 눈감아주기 시작하면 공직 윤리가 무너지고, 결국 합법과 상식이 사라져 불법과 반칙, 변칙이 사회에 만연하게 될 것이다.

국가 투명성은 그 나라의 윤리와 도덕 수준을 나타낸다. 국제투명성기구에 따르면 우리나라의 투명성은 전 세계 중하위권이다. 이처럼 투명성이 낮은 것은 생계형인 작은 도둑들 때문이 아니라 나라를 훔치는 축재형인 큰 도둑들 때문이다.

중국 춘추시대 초나라 장왕 밑에서 재상을 지낸 손숙오는 청백리였다. 손숙오가 죽자 녹봉이 들어오지 않아 그의 아들이 산에서 나무를 해다가 시장에 내다 팔아야 간신히 생계를 유지할 수 있을 정도로 집안이 곤궁해졌다. 이런 사실을 알게 된 장왕의 악사 우맹은 '청렴가'를 불러 왕에게 이를 알렸다.

> "탐관오리 노릇은 해서는 안 되는데도 하고, 청백리는 할 만한데도 하지 않는구나.
> 탐관오리가 되면 안 되는 까닭은 더럽고 비천해서인데, 그래도 하려는 까닭은 자손들의 배를 불릴 수 있기 때문이지.

청백리가 되려는 까닭은 고상하고 깨끗해서인데, 그래도 하지 않으려는 까닭은 자손이 배를 곯기 때문이라네. 그대여 초나라 재상 손숙오를 보지 못했는가?"

우맹의 노래를 들은 장왕은 손숙오의 아들에게 생활의 터전을 마련해 주었다고 하는데, 관직에 있으면서 주변의 유혹을 물리치고 탐관오리가 아닌 청백리로 살아가는 일이 결코 쉽지 않음을 시사하는 일화이다.

渴不飮盜泉水 (갈불음도천수)

아무리 갈증이 심해도 도천의 샘물은 마시지 않는다.

도천은 중국 산동성 사수현 동북쪽에 있다고 하는데, 그곳을 지나던 공자는 목이 몹시 말랐지만 그 샘물을 마시지 않았다. 도둑의 샘물을 마시는 것조차 군자로서 할 일이 아니라고 생각했기 때문이다.

사람들은 삶이 힘들고 지칠 때면 원칙을 버리고 쉽게 살고 싶은 유혹에 빠지기 쉽다. 그러나 그 유혹을 이겨냈을 때 삶은 빛난다. 다른 사람의 재물을 훔치는 도둑이 아니라 감동을 주는 행동으로 사람들의 마음을 훔치는 도둑이 많아지면 좋겠다.

# 물에서 배운다

기원전 6세기. 예루살렘에서 바빌론으로 끌려와 포로 생활을 하던 이스라엘 사람들은 바빌론 강가에 앉아 시온을 생각하며 울었다. 1970년대 후반 보니 엠(Boney M)이 불러 크게 유행한 '바빌론 강가에서(Rivers of Babylon)'라는 팝송은 위 내용을 담은 성경 시편을 노래한 곡이다.

사람들은 흐르는 물을 바라보면 세월의 흐름과 인생의 덧없음을 느끼거나 지난날의 추억에 잠기곤 한다. 어디서든 흔하게 접할 수 있는 물이기에 우리는 물의 소중함과 물에 담긴 교훈을 잊고 지내는 경우가 많다. 그렇지만 오래전부터 많은 철학자와 전략가는 물에서 삶의 지혜를 찾으려 노력했다.

上善若水 (상선약수)
水善利萬物而不爭 (수선리만물이부쟁)
處衆人之所惡 (처중인지소오)
최고의 선은 물과 같다.
물은 만물을 이롭게 하지만 그 공을 다투지 않고,
사람들이 싫어하는 낮은 곳에 위치한다.

노자가 지은 도덕경에 나오는 문장으로, 사람들에게 많이 회자되는 글귀이다.

처신을 겸손하게 하여 널리 베풀되 보답을 바라지 말라는 가르침을 담고 있다.

萬折必東 (만절필동)

황하의 물은 만 번을 꺾여도 결국 동쪽으로 흘러간다.

사물이나 현상이 아무리 요동을 쳐도 결국은 순리대로 진행된다는 의미로, 일이 꼬이거나 난관에 부딪쳐 위로와 다짐이 필요할 때 주로 쓰인다.

순자에 나오는 글귀인데, 공자는 제자인 자공에게 군자로서 갖춰야 할 덕을 물에 빗대어 설명하면서 만절필동을 인용했다고 한다.

水無常形 (수무상형)

물은 일정한 형태가 없다.

손자병법에서는 물의 원리를 닮은 조직이 가장 강한 조직이라고 했다.

자신을 담는 그릇의 모양에 따라 그 형태가 유연하게 변하는 물처럼 군대든, 기업이든, 개인이든 변화하는 환경 속에서 신속하고 유연하게 대응할 수 있어야 한다.

맹자는 물을 근원이 있는 것과 근원이 없는 것으로 나눠 설명하면서 근원, 근본의 중요성을 강조했다. 근원이 있는 샘에서 나오는 물은 쉬지 않고 흘러 바다에 이르고, 근원이 없는 물은 마치 여름철 장맛비와 같아서 잠깐 동안 도랑을 채우지만 얼마 안 가서 말라버린다. 사람도 물과 마찬가지여서 근본이 튼튼하면 하고자 하는 일을 끝내 이룰 수 있지만, 근본이 부실하면 시간이 흐름에 따라 흐지부지되고 만다는 것이다.

물은 흐르다가 막히면 돌아가고, 웅덩이를 만나면 그 웅덩이를 다 채우고 난 뒤에 다시 흐른다. 이는 사람들에게 역경을 만나면 좌절할 것이 아니라 잠시 멈추는 여유를 갖고 새롭게 출발하라는 교훈을 준다.

부부 또는 형제간의 싸움을 빗대 '칼로 물 베기'라고 한다.

물은 스스로 갈라서지 않으며, 외부의 원인에 의해 갈라섰다가 다시 합쳐지며, 결코 갈라진 적이 있다는 흔적을 남기지 않아 사람들에게 화합과 상생을 일러준다.

우리 현대사에 '물 대통령'이라는 비아냥을 듣던 분이 계셨다. 국정에 대한 확고한 철학과 소신이 부족해 그런 별칭이 붙었겠지만, 정작 본인은 물이 갖는 심오한 의미를 생각하며 '물 대통령'이라 불리는 것을 내심 좋아했을지도 모르겠다.

柔弱勝剛强 (유약승강강)

부드럽고 약한 것이 굳세고 강한 것을 이긴다.

물은 부드럽고 약한 듯 보이지만 끝내는 바위를 뚫고 세상을 변화시킨다.

물이 언제나 생명수 역할만 하는 것은 아니다. 이치와 순리를 거스르는 사람들에게는 무서운 응징을 내려 목숨마저 빼앗기도 한다.

사람들이 물을 대할 때마다 물의 소중함과 더불어 물의 가르침을 한두 가지만이라도 새겨서 실천한다면 세상은 더욱 살기 좋아질 것이다.

3월 22일은 유엔이 정한 '세계 물의 날'이다.

# 술 한잔의 미학(美學)

술은 '생명의 물'이라는 찬사와 함께 '악마의 피'라는 저주의 양면성을 간직한 채 인류의 역사와 함께해오고 있다. 술이 인류 역사에 미친 영향은 이루 다 형용할 수 없을 것이다. 특히 문화와 예술 분야에서는 더욱 그러할 것이다.

빅토르 위고의 「레미제라블」에는 장발장이 코제트를 데리고 숨어들어간 수도원에서 백 살 먹은 여인이 포도주를 따른 네 개의 은잔 이야기를 들려주는 재미있는 대목이 나온다. 첫 잔에는 원숭이의 포도주, 둘째 잔에는 사자의 포도주, 셋째 잔에는 양의 포도주, 넷째 잔에는 돼지의 포도주라고 적혀 있는데, 각각의 동물은 취기가 도는 네 단계를 상징한다. 즉, 첫 잔은 마음을 유쾌하게 만들고, 둘째 잔은 감정을 돋우고, 셋째 잔은 감각을 둔화시키고, 넷째 잔은 머리를 마비시킨다는 것을 비유하는 것이다.

논어에 "유주무량 불급난(唯酒無量 不及亂), 술은 그 양을 한정하지는 않았으나 취해서 몸가짐이 흐트러질 정도까지 마시지는 않는다."라는 글이 있는 것을 보면 공자도 술을 즐겼음을 알 수 있다.

중국 최고의 역사서 사기의 저자 사마천은 "하늘에 제사 지내고 사당에 예를 올리는 데는 술이 아니면 흠향하지 않을 것이요, 군신과 친구 사이에도 술이 아니면 그 의리가 두터워지지 않을 것이요, 싸움을 한 후 서로 화해하는 데도 술이 아니면 권하지 못할 것이다."라며 술을 예찬하기도 했다.

오늘날 우리 생활에서 "술 한잔하자."라는 말은 "밥 한번 먹자."라는 말과 함께 한국인의 어울림 정서를 가장 잘 표현하는 대표적인 말이라고 할 수 있다.

三盃通大道 一醉解千愁 (삼배통대도 일취해천수)

술 석 잔에 대도의 이치를 통하고, 한 번 취하니 천 가지 근심이 풀린다.

술을 즐기는 애주가들은 아마도 이런 느낌과 기분 때문에 술을 마실 것이다.

술 한잔으로 걱정과 스트레스를 날릴 수 있다면 그 이상의 명약이 없겠지만, 지나친 음주는 몸은 물론 정신건강까지도 해치는 경우가 많으니 적당한 선에서 자제할 일이다.

渴時一滴如甘露 醉後添盃不如無 (갈시일적여감로 취후첨배불여무)

목이 마를 때 물 한 모금은 이슬처럼 달지만, 술이 취한 후에 한 잔 더 하는 것은 아니함만 못하다.

若要斷酒法 醒眼看醉人 (약요단주법 성안간취인)

만약 술을 끊는 방법을 배우고자 한다면 깨어 있는 눈으로 술 취한 사람을 보라.

술을 마실 때 1차가 끝나면 습관적으로 2차를 가는 사람들이 적지 않지만, 최근들어 '1.1.9'라고 하여 한 곳에서, 한 종류의 술로, 아홉 시까지는 술자리를 마무리하자는 음주문화 개선 캠페인이 서서히 자리를 잡아가고 있는 것 같다.

어떤 사람은 술에 취하면 했던 말을 몇 번씩이나 반복하거나 폭력적이 되기도 하고, 어떤 사람은 말이 많아져 해서는 안될 말까지 했다가 나중에 곤경에 처하기도 한다.

술 이야기에서 당나라 시인 두보와 이백은 빼놓을 수 없는 인물이다.

두보는 자신의 시 「술에 있어서 여덟 신선에 관한 노래(飮中八仙歌 음중팔선가)」에서 "이백은 술 한 말이면 시 백 편을 짓는다(李白一斗詩百編 이백일두시백편)."라며 이백의 술 실력과 시작(詩作) 능력을 재미있게 칭찬했고, 이백 역시 자신의 시 「장진주(將進酒)」에서 "모름지기 술을 한 번 마시면 삼백 잔은 마셔야지(會須一飮三百杯 회수일음삼백배)." 하며 호기를 부리기도 했다.

이백은 술을 마시고 채석강에 비친 달을 잡으려다 강물에 빠져 죽었다는 일화가 있을 정도로 술과 달을 좋아했다. 이백과 두보 두 사람 모두 재주는 있으나 때를 잘못 만나 그 뜻을 제대로 펼치지 못한 불운을 달래기 위해 술을 즐겼던 것 같다.

> 旣醉以酒 旣飽以德 (기취이주 기포이덕)
> 君子萬年 介爾景福 (군자만년 개이경복)
> 이미 술에 취하고 덕에 배가 불렀으니,
> 군자여! 만 년 동안 큰 복을 누리소서.

조선 건국 초기에 한양 천도를 주도했던 건국 공신 정도전은 태조 이성계와 술잔을 나누다가 태조로부터 새로 지은 궁궐의 이름을 지어 보라는 어명을 받았다.

정도전은 즉석에서 시경의 글귀를 인용하며 '경복궁'으로 할 것을 주청했고, 태조가 좋은 이름이라며 받아들여 오늘에 이르고 있다.

酒極生亂 樂極生悲 (주극생란 낙극생비)

술이 과하면 흐트러지고, 즐거움이 과하면 슬퍼진다.

전국시대 제나라의 관료이자 학자인 순우곤이 위왕에게 한 말이다.

음주운전, 주취 폭력 등 술 마시고 사고를 치는 사람들이 적지 않다. 술은 마시는 사람에 따라서 약이 될 수도 있고 독이 될 수도 있다. 또한 술을 마시는 개인은 물론 그가 속한 조직과 사회에 엄청난 결과를 초래할 수도 있다. 품위 있게 마시고 절제하는 음주문화가 정착되도록 모두가 신경을 써야 할 것이다.

# 안빈낙도(安貧樂道)의 행복

사람은 누구나 행복한 삶을 원하지만, 어떤 삶이 행복한 삶이고 행복의 조건이 무엇인지 자신 있게 대답할 수 있는 사람은 흔치 않을 것이다. 다만 행복이 물질적인 것보다는 정신적인 것에 더 크게 좌우된다는 점에는 대체로 공감하는 것 같다. 행복의 조건은 우리가 획일적으로 말하는 돈, 권력, 명예 같은 잣대와는 별 상관이 없다.

> 長短家家有 炎涼處處同 (장단가가유 염량처처동)
>
> 어느 집이나 좋은 점 나쁜 점, 행복과 불행이 다 있고 어느 곳이나 더위와 서늘함, 권세의 흥망은 다 똑같다.

찰리 채플린은 "삶은 멀리 떨어져서 보면 희극이고, 가까이 다가가서 보면 비극이다."라고 말했다. 자신이 불행하다고 생각하는 사람은 행복해 보이는 다른 사람을 부러워하기도 하지만, 막상 그 집 문을 열고 안을 들여다보면 평소 밖에서 생각했던 것과는 다른 경우가 많다.

공자는 제자 가운데 안회를 각별히 좋아하고 그의 생활을 칭찬했다.

"대그릇의 밥 한 그릇과 표주박의 물 한 모금으로 누추한 곳에서 지내고 있구나. 다른 사람들은 그런 고통을 견디지 못할 터인데, 안회는 그 즐거움을 바꾸려 하지 않으니 참으로 훌륭하도다."

여기서 대그릇의 밥 한 그릇과 표주박의 물 한 모금, 누추한 곳을 뜻하는 한자어 '일단사 일표음 재누항(一簞食 一瓢飮 在陋巷)'은 청빈하고 소박한 안빈낙도의 생활을 상징하는 말이 되었다.

논어에 나오는 문장들을 보면 공자 또한 안회와 마찬가지로 안빈낙도의 생활을 즐기며 살았음을 알 수 있다.

飯疏食飮水 曲肱而枕之 樂亦在其中矣 (반소사음수 곡굉이침지 낙역재기중의)
거친 밥을 먹고 물을 마시고, 팔베개를 하고 누웠어도 즐거움이 또한 그 가운데 있다.

君子憂道 不憂貧 (군자우도 불우빈)
군자는 도를 걱정하지, 빈곤함을 걱정하지 않는다.

맹자는 군자가 누릴 수 있는 즐거움 세 가지를 '군자삼락(君子三樂)'으로 표현했는데, 그 내용이 참으로 소박하다.

父母俱存 兄弟無故 一樂也 (부모구존 형제무고 일락야)
仰不愧於天 俯不怍於人 二樂也 (앙불괴어천 부부작어인 이락야)
得天下英才 而敎育之 三樂也 (득천하영재 이교육지 삼락야)

부모님이 살아 계시고 형제들이 무탈하게 잘 지내는 것이 첫 번째 즐거움이고,
하늘을 우러러 부끄럼이 없고 남에게 창피하지 않은 생활이 두 번째 즐거움이며,
똑똑한 인재들을 모아 가르치는 일이 세 번째 즐거움이다.

少年登科 (소년등과)
席父兄弟之勢 (석부형제지세)
有高才能文章 (유고재능문장)
어린 나이에 과거에 급제하고,
부모 형제를 잘 만나 고생하지 않고,
뛰어난 재능에다 우수한 문장력을 갖추고 있다.

이상의 세 가지 스펙은 요즈음이라면 누구나 소망하는 바인데, 송나라 학자 정이는 오히려 이것들을 '인생 삼불행(人生三不幸)'이라고 했다. 빠른 출세, 집안의 재산이나 권세, 뛰어난 재능은 대단한 행운으로 볼 수도 있지만 다른 한편으로는 교만과 안일에 빠져 인생의 불행을 초래할 수도 있음을 경계하라는 교훈을 주는 말이다.

오늘날에도 소위 금수저를 물고 태어나 남들의 부러움을 받으며 살다가 한순간에 불행의 나락으로 떨어지는 사람들이 있다. 새옹지마(塞翁之馬)라는 말이 있듯이 세상에는 완전한 행복도 완전한 불행도 없다. "못 배우고, 병약하고, 가난한 집에서 태어난 것이 나의 가장 큰 행복이다."라고 했던 일본의 세계적인 전자업체 파나소닉의 창업자 마쓰시타 고노스케의 말을 곱씹어 볼 일이다.

知足常足 終身不辱 (지족상족 종신불욕)

知止常止 終身無恥 (지지상지 종신무치)
만족할 줄 알아 언제나 만족하면 한평생 욕됨이 없고,
그칠 줄 알아 항상 그친다면 한 평생 부끄러움이 없다.

知足者貧賤亦樂 不知足者富貴亦憂 (지족자 빈천역락, 부지족자 부귀역우)
만족할 줄 아는 사람은 빈천해도 즐겁고,
만족할 줄 모르는 사람은 부귀해도 근심에 빠진다.

大廈千間 夜臥八尺 (대하천간 야와팔척)
良田萬頃 日食二升 (양전만경 일식이승)
천 칸의 큰 집에 살더라도 잠잘 때는 여덟 자면 충분하고,
좋은 밭이 만이랑 있어도 하루 두 되면 먹기에 넉넉하다.

"아니, 난 싫네. 남을 짓밟고 올라가 출세하고 패거리를 만들어 우물 안 우두머리가 되어야 하나? 떳떳하게 행동하고, 스스로에게 부끄러움이 없도록 살 걸세. 참나무나 떡갈나무는 못 되더라도 빌붙어 사는 덩굴이 되지는 않을 걸세. 아주 높이 오르지는 못해도 혼자 힘으로 올라갈 걸세."

마지막 대사는 프랑스의 극작가 에드몽 로스탕이 쓴 희곡 「시라노」에서 유력자에게 조금만 고개를 숙이면 부와 영광이 올 것이라는 친구의 조언에 주인공인 시라노가 했던 말이다.

최근에는 일본 작가 무라카미 하루키가 자신의 수필집 '랑겔한스섬의 오후'에서 처음으로 썼던 '소확행(小確幸)', 작지만 확실한 행복이라는 의미의 단어가 사람들의 입에 자주 오르내리고 있다. 어려운 형편

속에서도 소소한 행복을 소중하게 여기려는 사람들의 마음이 반영된 사회 트렌드로 보인다.

좁고 적어도 남는 삶이 있는가 하면, 넓고 많아도 부족한 삶이 있다.

모든 것은 마음먹기에 달렸다. 같은 조건과 환경하에서도 만족하느냐 아니면 만족하지 못하느냐의 마음이 그 사람의 행복과 불행을 가른다.

오래전부터 사람들은 행복의 파랑새를 찾아다녔다. 그리고 최종적으로는 그 파랑새가 자신의 마음속에 있다는 것을 깨닫게 된다.

# 교만과 겸손

장자에 나오는 이야기이다.

> 오나라 왕이 원숭이 산에 올라갔다. 많은 원숭이가 무서워하며 달아났지만 한 원숭이는 까불면서 나뭇가지에 매달려 자신의 재주를 자랑했다. 왕이 활을 쏘았으나 그 원숭이는 재빠르게 화살을 잡았다. 그러자 왕이 시종들에게 서둘러 활을 쏘라고 했다. 원숭이는 한 손에 화살을 쥔 채 죽었다.

작은 재주를 뽐내다가는 명을 재촉할 수 있다는 교훈을 주는 일화이다.

> 善游者溺 善騎者墜 (선유자익 선기자추)
>
> 수영을 잘하는 사람이 물에 빠지고, 말을 잘 타는 사람이 말에서 떨어진다.

좀 서툴면 오히려 더 조심한다. 자신 있다고 방심하다가는 결국 그 자만심 때문에 오히려 일을 그르치거나 화를 당하기 쉽다는 것을 비유적으로 이르는 경계의 말이다.

앞선 성공이 되레 더 큰 실패를 초래하는 경우를 종종 볼 수 있다.

知之爲知之 不知爲不知 是知也 (지지위지지 부지위부지 시지야)

아는 것은 안다고 하고, 모르는 것은 모른다고 하는 것이 곧 아는 것이다.

공자가 제자인 자로에게 겸손을 가르치며 했던 말이다.

공자는 "사람은 태산에 걸려 넘어지는 것이 아니라 작은 돌부리에 걸려 넘어진다."라고 했다. 사람이 무너지는 것은 하늘이 준 재능이 부족해서가 아니라 자신의 능력을 과신한 교만 때문인 경우가 더 많다.

공자는 자신이 모르는 것이 있으면 아랫사람에게 묻는 것을 부끄러워하지 않았으며(不恥下問 불치하문), 자신의 허물이 있을 때는 고치기를 주저하지 않았다(過則勿憚改 과즉물탄개). 공자의 이런 겸손함은 그가 만세사표(萬世師表)로 추앙받는 또 하나의 이유라고 할 것이다.

木鷄之德(목계지덕)은 '진정한 지도자는 자신이 제일이라는 교만함을 버리고 마치 나무로 만든 닭처럼 다른 사람의 말과 위협에 민감하게 반응하지 않으며, 공격성을 드러내지 않아야 한다.'는 의미이다.

이 말은 장자 달생편에 나오는 이야기에서 연유되었다.

> 투계를 좋아하는 주나라 선왕이 투계 사육사에게 최고의 싸움닭을 만들기 위한 훈련을 맡겼다.
>
> 열흘이 지나고 나서 왕이 물었다.
>
> "닭이 싸우기에 충분한가?"
>
> 사육사가 대답했다.
>
> "아닙니다. 아직 멀었습니다. 닭이 강하긴 하나 교만해 아직 자기가 최고인 줄 알고 있습니다."
>
> 다시 열흘이 지나 왕이 또 묻자 사육사가 대답했다.

"아직 멀었습니다. 교만함은 버렸으나 상대방의 소리와 그림자에도 너무 쉽게 반응합니다."

또 열흘이 지나 왕이 묻자 사육사가 대답했다.

"아직 멀었습니다. 조급함은 버렸으나 상대방을 노려보는 눈초리가 너무 공격적입니다. 그 눈초리를 버려야 합니다."

또 열흘이 지나고 왕이 물으니 사육사가 대답했다.

"이제는 된 것 같습니다. 상대방이 아무리 소리를 질러도 아무런 반응을 하지 않습니다. 마치 나무로 깎아 만든 닭처럼 완전히 마음의 평정을 찾았습니다. 어느 닭이든 그 모습만 봐도 도망을 갈 것입니다."

춘추시대 제나라에 안영이라는 명재상이 있었다. 안영의 마부는 안영을 태운 마치가 지나갈 때 백성들이 공손히 예의를 표하는 것을 자신에게 인사하는 것으로 착각하고 교만하게 거들먹거렸다.

거리를 지나다 우연히 그 모습을 본 마부의 아내가 "안영은 재상임에도 겸손한데, 당신은 마부인 주제에 교만하기 그지없다. 그런 당신과 같이 살 수 없다."라며 질책을 했다.

이에 마부는 자신의 잘못을 뉘우치고 겸손하게 행동하기 시작했으며, 안영은 그런 마부를 기특하게 여겨 마부 자리보다 더 좋은 벼슬에 천거했다고 한다.

초한 전쟁에서 항우는 수십 번의 전투에서 단 한 번도 진 적이 없다. 그러나 항우는 귀족 가문 출신답게 자존심이 너무 강해 다른 사람의 능력을 하찮게 보았으며, 다른 사람의 의견을 귀담아듣지 않았다.

항우가 홍문의 연회에서 책사 범증의 말대로 유방을 제거했더라면 훗날 해하전투에서 유방에게 패해 서른한 살의 젊은 나이로 생을 마감하지는 않았을 것이다.

항우는 한때 자신이 데리고 있던 한신이나 진평 같은 유능한 인물들을 경쟁자인 유방의 진영으로 떠나보냈고, 유일하게 남은 범증의 말조차 듣지 않다가 결국에는 범증마저 놓치고 말았다.

소설 '삼국지'의 조조가 적벽대전에서 크게 패한 원인은 동남풍을 이용한 제갈량과 촉·오 동맹군의 화공 때문이기도 하지만, 앞선 몇 차례의 승리로 인한 조조의 교만함과 자신감이 초래한 결과라 볼 수도 있다.

낭중지추(囊中之錐), 주머니 속의 송곳은 굳이 드러내려 애쓰지 않아도 드러나게 마련이다. 자신의 능력을 감추고 겸허한 자세로 상대방과 눈높이를 맞추려는 자세를 유지한다면 조직과 사회에 있어서 그 사람의 성공 가능성은 더욱 높아질 것이다.

# 하늘 탓, 남 탓하지 마라

"잘되면 내 탓, 못되면 조상 탓."이라는 속담은 서로를 탓하고 아무도 책임을 지려 하지 않는 우리 사회의 세태를 잘 말해주고 있다.

모든 잘못을 아랫사람에게 미루고 그 한 사람을 희생시킴으로써 보다 높은 직급에 있는 자신은 면책받으려는 소위 꼬리 자르기를 종종 본다.

차량 운행 중 가벼운 접촉사고라도 나게 되면 상호 간의 과실 여부를 따져 보기도 전에 먼저 큰소리로 상대방을 윽박지르고 당신 잘못이라며 덤터기를 씌우려 드는 사람들도 많다.

사기의 저자 사마천은 끝끝내 뜻을 이루지 못한 초패왕 항우의 비극적 결말에 깊은 동정심을 가지고 있었다. 하지만 마지막 순간까지도 하늘을 원망하는 항우에 대해 사마천은 다음과 같이 평하고 있다.

> "항우가 실패한 원인은 자신이 모시던 초나라 왕 의제를 시해하고 오직 힘으로 천하를 다스리려 했던 오만과 독선 탓이었다. 그런데도 항우는 마지막까지 자신의 잘못을 인정하지 않고 애꿎은 하늘을 탓하니 참으로 황당하지 않을 수 없다."

항우는 자신의 운명을 결정지은 해하전투에서 사면초가(四面楚歌)로 인해 패색이 짙어지자 자신의 패인을 시불리(時不利)라고 말하며 하늘이 자신을 망하게 한다고 원망했다.

不怨天 不尤人 (불원천 불우인)

하늘을 원망하지 않고, 남을 탓하지 않는다.

군자와 선비는 자신에게 책임을 묻는 사람들이다. 이들이 인생을 살면서 어렵고 힘든 상황에 처할 때마다 외쳤던 인생의 화두가 바로 불원천 불우인이다. 중용에 나오는 이 간결한 한마디의 문장이 남 탓으로 자신의 잘못을 가리려는 오늘의 우리들을 부끄럽게 만든다.

君子求諸己 小人求諸人 (군자구저기 소인구저인)

군자는 책임을 자기에게서 찾고, 소인은 책임을 다른 사람에게 돌린다.

논어에 나오는 문장이다. 군자와 소인의 차이점은 문제가 발생했을 때 문제의 원인을 두고 남 탓을 하는가 아니면 자신을 반성하는가에 있다.

"남을 사랑하는데 친해지지 않을 때는 자신의 인자함을 돌아보라.

남을 다스리는데 다스려지지 않을 때는 자신의 지혜를 돌이켜보라.

남을 예로써 대하는데 화답하지 않으면 자신의 공경하는 태도를 돌이켜보라.

행했는데 얻지 못하는 것이 있으면 모두 자기에게 돌이켜 그 원인을 보라.

자신이 바르면 천하가 자기에게 돌아온다."

맹자에 실려 있는 내용이다. 다른 사람과의 관계에 문제가 생겼을 때는 어떤 상황이든 남을 탓하기 전에 자기 자신을 먼저 돌아보라는 말이다.

天網恢恢 疏而不失 (천망회회 소이불실)

하늘의 그물은 크고 넓어서 엉성해 보이지만, 놓치는 것이 하나도 없다.

一念之惡天必識 毋或曰天奚以識 (일념지악천필식 무혹왈천해이식)

악한 생각 한 가지도 하늘은 다 안다. 하늘이 뭘 아느냐고 말하지 말라.

오래전에 천주교단의 주도로 '내 탓이오' 운동이 벌어졌던 적이 있었는데, 그 취지와 정신이 오늘날 더욱 간절하게 필요한 것 같다.

사회적 논란을 일으키는 문제가 발생할 때마다 네 탓, 하늘 탓, 전임자 또는 전 정권 탓은 만연하지만, 정작 스스로의 책임을 물어 반성하는 사람은 드문 현실이 안타깝다.

글씨를 잘 쓰는 사람은 붓을 가리지 않고, 훌륭한 목수는 연장을 나무라지 않는다.

세상을 살다 보면 누구나 힘들고 어려운 일이 닥치기 마련이다. 나에게 다가온 운명을 남 탓으로 돌리지 말고, 스스로 책임을 지고 극복하려는 자세가 절실한 요즈음이다.

# 말조심, 입조심

말로써 천 냥 빚을 갚기도 하고 출세를 하기도 하지만, 반대로 낭패를 보기도 하고 심지어 목숨을 잃는 설화(舌禍)를 당하기도 한다.

"세 치 혀 밑에 도끼가 있다.", "세 치의 혀가 여섯 자의 몸을 살리기도 하고 죽이기도 한다."라는, 말의 위험성을 표현하는 속담들이 있다. 지혜롭게 사용하면 유용하지만 함부로 사용하면 더없이 흉측한 무기로 변하는 것이 우리 입속의 세 치 혀이자 말이다.

말로 입은 마음의 상처는 칼로 베인 육신의 상처보다 훨씬 깊고 아프고 오래간다.

현대인들에게는 혀 밑에 든 도끼뿐만 아니라 손가락 끝의 도끼도 그에 못지않은 흉기가 되고 있다. 인터넷과 SNS가 일상적인 소통 수단으로 사회에 자리 잡았기 때문이다. 손끝에서 작성되고 전달되는 악성 게시글이나 댓글의 피해는 입에서 나오는 말 못지않게 심각하다. 한 번도 만난 적이 없고 알지도 못하는 사람으로부터 사이버 공간에서 모욕이나 공격을 당하게 되면 정신적으로도 큰 충격에 빠지게 된다.

口是禍之門 舌是斬身刀 (구시화지문 설시참신도)

閉口深藏舌 安身處處牢 (폐구심장설 안신처처뢰)

입은 곧 화에 이르는 문이요, 혀는 곧 몸을 베는 칼이니

입을 닫고 혀를 깊숙이 감추면 가는 곳마다 몸이 편하다.

중국의 풍도라는 사람이 썼다는 설시(舌詩)이다. 당나라 말기부터 오대십국 시대까지 무려 열 한 명의 임금을 섬기며 20여 년간 재상을 지낸 유학자 풍도는 처세의 달인으로 불리는데, 말조심을 처세의 기본으로 삼았기에 난세에서도 그처럼 영달을 누릴 수 있었다고 한다. 연산군은 자신의 폭정에 대한 조정 신료들의 비난을 막기 위해 풍도의 설시 한 구절을 새긴 신언패(愼言牌)를 만들어 신하들이 늘 목에 걸고 다니도록 했다.

好事不出門 惡事傳千里 (호사불출문 악사전천리)

좋은 일은 문밖으로 나가지 않지만, 나쁜 일은 천 리까지 퍼져 나간다.

발 없는 말이 천리를 간다. 사람들은 호사보다 악사에 더 관심과 흥미를 느끼며 더 오랫동안 기억한다.

道聽而塗說 德之棄也 (도청이도설 덕지기야)

공자는 "길에서 얻어들은 헛소문을 확인해 보지도 않고 타인에게 퍼뜨리는 것은 자신의 덕을 버리는 일."이라고 했다. 각종 유언비어와 '카더라' 통신이 범람하는 우리 현실에서 새겨야 할 말이다.

多言數窮 不如守中 (다언삭궁 불여수중)

말이 많으면 자주 궁지에 몰리니 가슴에 담아둠만 못하다.

노자 도덕경에 나오는 말이다. 말을 많이 한다는 것이 곧 조직원과 소통을 많이 하는 것을 의미하지는 않는다. 말이 많아지면 잔소리로 비치고 오히려 조직 내에서 오해와 갈등이 생길 수도 있다.

守口如甁 防意如城 (수구여병 방의여성)

입조심하기를 병의 마개를 막듯이 하고, 뜻을 굳게 지키기를 성을 지키듯이 하라.

한번 쏟은 물을 다시 담을 수 없는 것처럼, 말 역시 하고 나서 후회하더라도 주워 담을 수가 없다. 말을 입 밖으로 내놓을 때는 항상 신중해야 한다.

天知地知子知我知 (천지 지지 자지 아지)

하늘이 알고, 땅이 알고, 그대가 알고, 내가 안다.

후한 시대 양서라고 하는 청렴한 태수가 있었다. 어느 날 현령 한 사람이 찾아와 뇌물을 내놓으며 아무도 아는 사람이 없으니 받으라고 하자 양서가 뇌물을 거부하며 했던 말이다. 비밀스럽게 나눈 말도 결국에는 다 드러나고 다른 사람이 알게 된다는 것이 역사를 통해 입증되고 있다.

실험 결과에 의하면 좋은 말을 듣고 자란 식물과 나쁜 말을 듣고 자란 식물은 생육에서 차이가 난다고 한다. '사랑해', '고마워' 같은 말을 듣고 자란 식물은 성장 속도가 빠르고 결실도 풍성했지만, '미워',

'싫어' 같은 나쁜 말을 들은 식물은 성장도 느리고 열매도 부실했다는 것이다.

사람에게도 그가 하는 말은 행동에 영향을 미친다. 고운 말을 쓰면 마음이 선해져 행동도 온순해지지만, 험하고 나쁜 말을 자주 쓰다 보면 행동도 거칠어진다.

욕이 들어가지 않으면 대화가 잘 되지 않는 요즘 청소년들에게 고운 말을 쓰도록 지도해야 하는 이유이다. 물론, 그러려면 어른들부터 바르고 고운 말을 쓰도록 솔선수범해야 할 것이다.

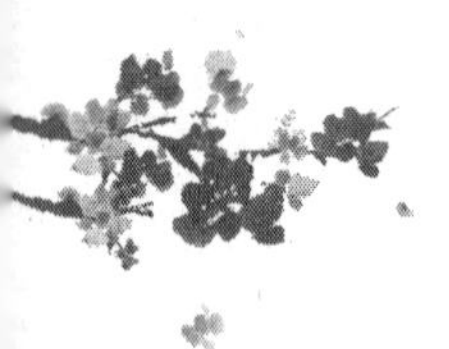

# 법 앞의 평등과 법의 여신 디케

헌법은 '모든 국민은 법 앞에 평등하다.'라고 규정하고 있지만 현실의 국민 정서는 그와 상당한 괴리가 있는 것 같다.

붓을 함부로 놀려 법을 농락한다는 의미의 무문농법(舞文弄法)은 예나 지금이나 크게 변함이 없어 보인다. 같은 죄를 지은 사람임에도 돈과 권력, 전관 등에 따라 법이 차별적으로 적용되거나 상황에 따라 법의 해석이 자의적으로 이뤄진다는 느낌이 드는 경우도 적지 않다.

法不可於尊 (법불가어존)

법은 존귀한 사람에게는 미치지 않는다.

중국 삼국시대, 조조가 군대를 이끌고 출정했을 때의 일이다.

병사들에게 군량미가 될 보리밭을 밟으면 참형에 처한다고 하여 모두 조심스럽게 행군을 하고 있었는데, 공교롭게도 조조가 탄 말이 산비둘기에 놀라 그만 보리밭을 밟고 말았다. 난감해진 조조는 자신이 어떤 처벌을 받아야 할지 집법관에게 물었고, 집법관은 "법불가어존, 법은 존귀한 사람에게는 미치지 않는다."라고 대답했다. 집법관의 말을 들은 조조는 자신의 머리카락을 자르는 것으로 처벌을 대신했다.

거미줄에 잠자리와 나비는 걸리지만 큰 새는 걸리지 않는 것처럼 법은 지위가 높고 힘이 있는 사람들에게는 제대로 적용되지 않는다는 것을 보여주는 일화이다.

법이라는 한자 '法'은 '삼수 변(氵)'에 '갈 거(去)'가 합쳐져 이뤄진 글자이다.

법은 집행에 있어서 물이 흐르듯 자연스럽고 무리가 없어야 한다는 의미라고 하겠다.

법이 효과를 발휘하기 위해서는 법에 대한 신뢰가 전제되어야 한다.

신뢰를 잃으면 사람들은 법 자체를 대수롭지 않게 생각하고, 법 위반에 따른 제재를 부끄러워하기보다 운이 나쁜 탓으로 돌려 왜 나만 갖고 그러냐며 반발을 하기도 한다.

法之不行 自上犯之 (법지불행 자상범지)

백성들이 법을 지키지 않는 것은 윗사람들이 이를 어기기 때문이다.

法不阿貴 (법불아귀)

법은 신분이 귀한 사람이라고 해서 아부하지 않는다.

춘추시대 진(秦)나라의 개혁을 주도한 대표적 법가 사상가인 상앙은 태자가 법을 위반하자 "법지불행 자상범지, 백성들이 법을 지키지 않는 것은 윗사람들이 이를 지키지 않기 때문."이라며 태자를 처벌하려 했다. 그러나 태자는 다음 왕위를 이을 신분이어서 그를 직접 처벌할 수는 없으므로 태자의 시종과 스승을 대신 처벌했다.

상앙이 정책과 법에 대한 백성들의 신뢰를 얻기 위해 성문 앞에 나무 기둥을 세우고 그것을 옮긴 사람에게 오십 금을 주었다는 입목득신(立木得信) 일화는 유명하다.

또 다른 법가 사상가인 한비자는 "법불아귀, 법은 신분이 귀한 사람에게 아부하지 않는다."라고 하여 법이 신분의 높고 낮음에 상관없이 공평하게 적용되어야 한다고 주장했다.

법가 사상가들의 노력으로 진나라 백성들은 차츰 법을 신뢰하고 지키게 되었으나 지나친 법 만능주의와 가혹한 처벌은 백성들의 숨통을 조였고 부작용이 발생했다.

천재지변 같은 불가항력인 상황에서도 혹독한 법을 무차별적으로 적용하자 처벌을 당하느니 차라리 반란을 일으키겠다는 백성들이 생겨났다. 진나라 멸망을 가속시킨 중국 최초의 농민 반란인 진승·오광의 난은 이런 시대적 배경에서 일어난 것이다.

진나라의 뒤를 이어 천하를 다스리게 된 한나라 유방은 그동안 시행해 오던 모든 법을 폐지하고 살인, 절도, 상해에 관한 세 가지 법만을 남기는 약법삼장(約法三章)을 발표해 백성들의 환심을 사기도 했다.

오늘날에도 흉악한 범죄가 늘면 법이 너무 물러서 그러니 형벌을 강화해야 한다는 여론이 비등하지만, 강력한 처벌만이 능사는 아닐 것이다.

한 손에 저울을 들고 다른 한 손에는 칼이나 법전을 들고 있는 법과 정의의 여신 디케는 원래 눈을 가리고 있다. 오로지 법과 양심에 따라 공정한 판결을 하겠다는 의지의 표현인 것이다.

그런데 우리나라 법원 청사에 있는 디케의 조각상은 눈을 가리지 않고 있어서 법 앞에 선 사람이 전관예우를 해줘야 할 사람인지, 돈과 권력을 어느 정도 갖고 있는 사람인지 다 보고 있다는 것이다. 그냥 우스개로 하는 소리이지만 뼈가 있는 말이다.

4월 25일은 법의 날이다. 법을 다루는 사람이라면 잘못한 열 명을 처벌하는 일도 중요하지만, 힘없고 배경이 없어 억울한 경우를 당하는 한 명이 생기지 않도록 더욱 세심한 배려를 해야 할 것이다.

아울러 법이 귀에 걸면 귀걸이, 코에 걸면 코걸이라는 자조적인 말이 사람들 사이에 회자되지 않도록 법조 관계자들의 각성이 있어야 할 것이다.

# 좋은 친구, 지음(知音)이 되자

친구와의 아름다운 추억이나 함께 겪은 시련을 통해 쌓은 우정은 결코 돈으로 살 수 없는 소중한 것이다.

벗을 나타내는 한자 '붕(朋)'은 '육달월(肉月)'부 두 개로 이뤄져 있는데, 이는 몸은 둘이지만 영혼은 하나라는, 즉 뜻이 같은 동지(同志)를 의미한다. 도부동 불상위모(道不同 不相爲謀), 뜻이 같지 않으면 함께 도모하지 않는다는 공자의 말과 맥을 같이 한다고 하겠다.

벗의 또 다른 한자 '우(友)'는 '왼손 좌(𠂇)'와 '오른손 우(又)'를 포개 놓은 모양이다.

두 사람이 서로 손을 잡고 의기투합하는 동무를 뜻한다고 하겠다.

欲知其人 先視其友 (욕지기인 선시기우)

그 사람이 어떤 사람인지 알고자 한다면 그의 친구를 먼저 보라

人生得一知己 死而無憾 (인생득일지기 사이무감)

살면서 나를 진정 알아주는 친구 한 명만 얻을 수 있다면 죽어도 여한이 없다.

친구의 중요성과 소중함을 의미하는 문장들이다.

조선 후기 김정희가 그린 세한도에는 추워진 후에야 소나무와 잣나무가 늦게 시든다는 것을 알 수 있다는 의미의 '세한연후 지송백지후조(歲寒然後 知松栢之後凋)'라는 논어의 글귀와 함께 오랫동안 서로 잊지 말자는 뜻의 '장무상망(長毋相忘)'이라는 인장이 찍혀 있다. 멀리 제주도에 귀양 와 있는 자신을 잊지 않고 청나라에서 가져온 귀한 책을 보내주는 제자 이상적에게 김정희는 감사의 표시로 세한도를 그려 주었다. 지금까지도 김정희와 이상적 두 사람의 변치 않는 우정이 느껴지는 세한도는 국보 제180호로 지정되어 있다.

지음지교(知音之交)라는 고사성어는 춘추시대 거문고의 명인 백아가 자신의 연주를 듣고 거기에 담긴 의미를 이해해 주던 친구 종자기가 죽자 이제 자신의 거문고 소리를 알아 주는 사람이 없게 되었다며 거문고 현을 끊어 버린 백아절현(伯牙絶絃) 일화에서 유래했다. 나의 소리를 듣고 나를 알아주는 친구, 마음까지 통하는 친구를 뜻하는 지음은 깊은 우정을 표현하는 아름다운 단어라고 할 수 있다.

生我者父母 知我者鮑叔 (생아자부모 지아자포숙)

나를 낳아준 이는 부모이지만, 나를 알아준 사람은 포숙이다.

돈독한 우정을 의미하는 대표적인 고사성어로 널리 알려진 관포지교(管鮑之交)의 주인공 관중이 한 말이다. 어려움이 있을 때마다 자신의 처지를 이해해 주고, 제나라 환공에게 재상으로 천거해준 친구 포숙에 대한 진심 어린 감사의 마음이 담겨 있는 글귀이다.

有朋自遠方來 不亦樂乎 (유붕자원방래 불역낙호),

벗이 있어 멀리서 찾아오니 이 또한 즐겁지 아니한가.

인간관계의 교과서라고 할 수 있는 논어의 첫 부분인 학이편에 나오는 공자의 말이다.

공자는 유익한 벗과 해로운 벗에는 각기 세 가지가 있는데, 정직한 벗, 성실한 벗, 견문이 많은 벗은 유익하고, 허울만 좋고 진실성이 없는 벗, 아부하고 굽실대는 벗, 그럴싸하게 말을 잘하는 벗은 해롭다고 했다.

맹자는 벗이란 그 사람의 덕을 사귀는 것이니 두 사람 사이에 다른 무엇이 끼어들면 안 된다고 했다. 또한 좋은 벗을 사귐에 있어서는 '불협장, 불협귀, 불협형제(不挾長 不挾貴 不挾兄弟)'라고 하여 나이의 많고 적음이나 신분의 귀하고 천함, 형제나 가문의 권세 등을 따지지 말아야 한다는 세 가지 도리를 제시하기도 했다.

貧賤之交不可忘 (빈천지교불가망)

糟糠之妻不下堂 (조강지처불하당)

가난하고 미천할 때 사귀던 친구는 잊을 수 없고,

고생을 함께 겪은 아내는 집에서 내칠 수 없다.

후한 때 광무제는 과부가 된 자신의 누이동생과 신하인 유부남 송홍을 맺어 주려고 "속언에 신분이 귀해지면 친구를 바꾸고, 부유해지면 아내를 바꾼다고 하는데 이것이 인정인가?" 하며 슬며시 송홍의 마음을 떠보았다. 이에 송홍이 지조 있게 거절의 뜻을 담아 광무제에게 했던 말이다.

相識滿天下 知心能幾人 (상식만천하 지심능기인)

알고 지내는 사람은 천하에 가득하지만,

마음까지 알아주는 친구는 몇이나 될까?

酒食兄弟千個有 (주식형제천개유)

急難之朋一個無 (급난지붕일개무)

술 마시고 먹고 놀 때는 형 아우 하는 친구가 수 천이더니,

급하고 어려운 일이 닥치니 도와주는 친구가 하나도 없다.

君子之交淡如水 (군자지교담여수)

小人之交甘若醴 (소인지교감약예)

군자의 사귐은 물과 같이 담백하여 오래가지만,

소인의 사귐은 단술같이 달아 금방 싫증이 난다.

同聲相應 (동성상응)

같은 소리는 서로 메아리를 친다.

松茂柏悅 (송무백열)

소나무가 무럭무럭 자라는 걸 보고 잣나무가 기뻐한다.

친구 사이에는 메아리 즉, 울림이 있어야 하고, 벗이 잘 되는 걸 질투하지 않고 함께 기뻐해 줄 수 있는 친구가 진정한 친구이다.

고전에는 친구나 우정에 관한 좋은 문장과 일화가 눈에 많이 띈다. 그만큼 삶에 있어서 친구와의 우정이 중요한 것이기 때문일 것이다.

영국의 한 신문사가 독자들에게 "맨체스터에서 런던까지 가장 빨리

가는 방법은?"이라는 질문에 대한 해답을 현상 공모한 적이 있는데, 1등으로 당선된 답은 "좋은 친구와 함께 간다."였다고 한다. 마음 맞는 좋은 친구와 함께라면 멀고 험난한 인생 여정도 힘든 줄 모르고 즐겁고 행복하게 갈 수 있을 것이다.

"나는 누군가에게 좋은 친구일까?", "나에게는 좋은 친구가 얼마나 있을까?" 하는 질문을 스스로에게 던져 보지만 쉽지 않은 답변에 생각이 깊어진다.

# 봄, 봄, 봄

연일 코로나 바이러스에 관심을 빼앗기고 있지만, 매화, 산수유, 목련 같은 봄의 전령사들이 꽃망울을 터트렸다는 화신(花信)은 이어지고 있다.

아름다운 봄날, 쫓기듯 살아가는 바쁜 일상 속에서도 가던 길 잠시 멈춰 서서 나뭇가지에 돋는 새순을 한 번 만져 보고, 파란 하늘을 한 번 올려다보는 여유를 가질 수 있다면 그것이 행복일 것이다.

일 년의 사계가 시작되는 봄은 만물이 소생하는 희망의 계절이다. 겨우내 죽은 듯 활동을 멈췄던 생명의 움직임이 분주해지기 시작했다.

조병화 시인은 「해마다 봄이 되면」이라는 시에서 "…항상 봄처럼 부지런해라 …항상 봄처럼 꿈을 지녀라 …항상 봄처럼 새로워라"라며 봄의 근면함과 생명력을 노래했다.

봄은 음양오행에서 목(木)에 해당하며, 방위로는 동쪽이고, 시각으로는 아침, 색깔로는 푸른색이다.

또한, 봄은 인생으로 보면 소년기이다. 그래서 옛사람들은 궁궐을 배치할 때 세자의 거처를 동쪽에 두고 동궁(東宮) 또는 춘궁(春宮)이라고 불렀다. 세자는 다음 왕위를 이어갈 떠오르는 태양인 점을 고려한 것이다. 이에 반해 늙은 대비가 머무는 곳은 해가 지는 서쪽에 두고 서궁(西宮)이라 했다.

이은상 시에 홍난파가 곡을 붙인 '봄처녀'는 봄을 노래하는 대표적인 우리 가곡이다.

어느 폴란드 시인은 "봄은 처녀, 여름은 어머니, 가을은 미망인, 겨울은 계모."라고 재미있게 표현하기도 했다. 봄을 처녀에 비유하는 것은 흔한 일이다. 봄이 새 생명을 잉태하고 창조하는 계절인 점에 착안한 것이다.

여자는 남자보다 봄을 더 탄다는 속설이 있는데, 과학적으로도 어느 정도 증명이 된다고 한다. 봄이 되면 따뜻하고 강한 햇살로 인해 호르몬 분비가 촉진되는데, 여자는 남자보다 일조량에 민감할 뿐만 아니라, 감성적 측면 또한 발달했기 때문에 이런 변화에 더욱 예민하게 반응한다는 것이다.

이를 음양오행의 입장에서는 목(木)에 해당하는 봄에는 만물이 움트는 양(陽)의 기운이 충만하기 때문에 음기(陰氣)를 띤 여자가 남자보다 더 민감하게 반응한다고 설명한다.

반대로 금(金)의 계절인 가을에는 만물이 쇠잔해지는 음(陰)의 기운이 강해져 양기(陽氣)가 센 남자가 민감해지는 것이라고 한다.

一生之計在於幼 (일생지계 재어유)
一年之計在於春 (일년지계 재어춘)
一日之計在於寅 (일일지계 재어인)
일생의 계획은 어린 시절에 있고
일 년의 계획은 봄에 있으며,

하루의 계획은 새벽에 있다.

春不種則秋無穫 (춘부종 즉추무확)

少不學則老無知 (소불학 즉노무지)

봄에 씨앗을 뿌리지 않으면 가을에 추수할 것이 없고,

젊을 때 배우지 않으면 늙어서 아는 것이 없다.

예로부터 사람들은 하루, 일 년, 일생에 있어서 그 출발과 시작의 중요성을 인식하고 철저한 준비와 노력을 당부했다.

春來不似春 (춘래불사춘)

봄이 와도 봄 같지 않구나.

중국 4대 미녀 가운데 한 명인 왕소군의 슬픈 사연을 노래한 당나라 시인 동방규의 시 「소군원(昭君怨)」에 나오는 구절이다.

한나라는 결혼 정책으로 북방에 있는 흉노족의 침입을 막으려 했는데, 원제 때 궁녀였던 왕소군은 공주로 신분을 위장해 흉노의 왕 선우에게 시집을 가 그곳에서 불우하고 한 많은 일생을 마쳤다.

역사의 흐름 속에 춘래불사춘인 상황과 형편은 늘 있어 왔다.

특히, 올봄 우리나라를 포함한 전 세계에 창궐하고 있는 코로나 바이러스로 인해 온갖 꽃들이 흐드러지게 피어나는 이 좋은 계절에 많은 사람이 집이나 병원에 격리된 채 생활해야만 하는 지금의 고통스러운 처지는 말 그대로 춘래불사춘이다.

하루 빨리 코로나 바이러스 사태가 종식되어 학생들은 학교로 가고, 직장인들은 일터로 향하는 등 정상적인 일상생활이 회복되는 진정한 봄이 오기를 기원해 본다.

아파트 베란다에서 겨울을 난 연산홍이 가지가 휠 만큼 소담스런 꽃을 많이 피웠다. 대견하기도 하고 고맙기도 하다. 햇살 따사로운 오후가 되면 몸이 나른하고 졸음이 밀려오는 것을 보니 봄은 봄인가 보다.

# 인간관계의 황금률

사회적 동물인 인간은 좋든 싫든 다른 사람과의 관계 속에서 살 수 밖에 없다.

직장을 그만두는 사람 가운데 상당수는 조직 내 특정인과의 불편한 인간관계를 퇴직 사유로 꼽는다.

미국 카네기멜론 대학에서 인생에 실패한 이유에 대해 설문조사를 실시했는데, 전문 기술이나 지식이 부족했다는 이유를 든 사람은 15%에 불과했고, 나머지 85%는 잘못된 인간관계 때문이었다고 응답했다고 한다.

이처럼 인간관계는 인생의 성공과 실패에 중요한 변수로 작용할 뿐만 아니라, 조직에 있어서 구성원들의 좋은 인간관계는 그 조직의 생산성과 안정성에 지대한 영향을 미치므로 늘 관심의 대상이 되어 왔다.

己所不欲 勿施於人 (기소불욕 물시어인)

내가 하기 싫은 일을 남에게 시키지 말라.

不患人之不知己 患不知人也 (불환인지부지기 환부지인야)

남이 나를 알아주지 않음을 걱정하지 말고, 내가 남을 알지 못함을 걱정하라.

責人之心責己 恕己之心恕人 (책인지심책기 서기지심서인)

남을 꾸짖는 마음으로 나를 꾸짖고, 나를 용서하는 마음으로 남을 용서하라.

인간관계와 관련된 논어의 문장들이다.

공자의 가르침이 담긴 논어는 대인관계에 관한 최고의 명저로 평가받는다.

논어는 부모와 자식, 군주와 신하 또는 백성, 친구와 동료, 상사와 부하 등 모든 부류의 사람 사이에 적용되는 주옥같은 내용을 담고 있다.

"네 이웃을 네 몸 같이 사랑하라"라는 성경의 귀절 역시 논어의 내용과 맥을 같이 하는 인간관계의 황금률이라고 할 수 있다.

"네가 세상을 보고 미소 지으면 세상은 너를 보고 함박웃음을 짓고, 네가 세상을 보고 찡그리면 세상은 너에게 화를 낼 것이다."

노벨 문학상을 수상한 영국인 작가 러디어드 키플링이 쓴 「정글북」에 나오는 위의 문장 또한 좋은 인간관계를 유지하기 위해 기억해 둘 만하다고 하겠다.

水至淸則無魚 (수지청 즉무어)

人至察則無徒 (인지찰 즉무도)

물이 너무 맑으면 물고기가 살지 않고,

사람이 너무 살피면 따르는 사람이 없다.

桃李不言 下自成蹊 (도이불언 하자성혜)

복숭아 자두는 말이 없지만 그 꽃을 보고 열매를 따려는 사람들로 인해 나무 밑에는 자연스럽게 길이 생기는 것처럼 인격자 주변에는 저절로 사람들이 모인다.

좋은 인간관계를 유지하는 일은 결코 쉽지 않다.

영국의 제인 오스틴이 쓴 소설 「오만과 편견」에는 "오만은 다른 사람이 나를, 편견은 내가 다른 사람을 이해하는데 장애물."이라는 말이 나오는데, 결국 오만과 편견이 사라질 때가 되어야 진정한 인간관계가 이루어질 수 있다는 의미라고 하겠다.

좋은 인간관계를 위해서는 보고 싶은 것만 보고, 듣고 싶은 것만 듣는 오만과 편견에서 벗어나야 한다. 사람들은 남의 눈의 티끌은 보면서 자기 눈의 들보는 보지 못하고, 내가 하면 로맨스요 남이 하면 불륜이라는 내로남불의 이중적 잣대를 가지고 살아간다.

남을 평가하지 전에 자신을 먼저 돌아봐야 할 것이다.

똑똑함을 감추고 바보처럼 처신한다는 의미의 난득호도(難得糊塗)는 사람과 사람 사이의 관계를 뜻하는 꽌시를 중요시하는 중국인 가정에 우리나라에서 흔히 쓰이는 가훈인 가화만사성(家和萬事成)만큼이나 많이 걸려 있는 가훈이라고 한다.

요즘은 똑똑한 사람이 넘쳐나는 세상이다. 이럴 때일수록 겸손하게 자신을 낮추는 자세가 돋보인다. 원만한 인간관계를 위해서는 어느 한쪽으로 치우치지 않고, 지나치거나 모자람이 없이 주위 사람들과 조화를 이루려는 노력이 필요할 것이다.

# 간신(奸臣), 나라 안의 적(敵)

두 명의 전직 대통령이 잇달아 영어(囹圄)의 몸이 되는 광경을 지켜본 국민들의 마음은 착잡했다. 그리고 궁금했다.

"어떻게 이 지경까지 되었을까? 그동안 대통령 주변의 측근, 참모들은 무엇을 하고 있었을까?"

잘 나갈 땐 최고권력자 주변에서 호가호위(狐假虎威)하다가 일이 잘못되자 서로 책임을 미루는 모습까지 보이니 그들이야말로 현대판 간신이 아닐까 하는 생각마저 든다.

공자는 "임금에게 대드는 신하 네댓 명만 있으면 사직을 보존할 수 있다."라며 직언하는 충신의 필요성을 강조했다. 또한 공자는 "천하의 다스림은 군자가 여럿 모여도 모자라지만, 망치는 것은 소인 하나면 족하다."라고 하여 소인, 곧 간신의 폐해를 지적하기도 했다.

간신이란 윗사람 또는 조직에 충성심이나 능력이 아닌 아첨과 처세로 신임을 얻고, 권력을 이용해 자신의 안위와 사익을 챙기는 사람이다.

한나라 때의 석학인 유향은 육사(六邪)라고 하여 사악한 신하를 여섯 가지로 분류했다.

그저 눈치나 살피며 자리를 지키는 자, 군주의 언행을 무조건 칭찬하며 비위를 맞추는 자, 어진 이를 질투해 등용을 막고 상벌을 교란하는 자, 교묘한 말로 본질을 흐리고 남을 이간질하는 자, 자신의 이익과 권세만을 추구하는 자, 붕당을 지어 군주의 판단을 흐리게 하고 뒤로는 군주를 욕하고 다니는 자가 바로 그것인데, 이들 모두를 넓은 의미의 간신이라고 할 수 있겠다.

流芳百歲 遺臭萬年 (유방백세 유취만년)

아름다운 이름과 그 향기는 백 년을 가고, 더러운 이름과 그 악취는 만 년을 간다.

역사는 충신과 함께 간신도 기록으로 남겨 후대 사람들로 하여금 교훈과 경계를 삼도록 하고 있다. 특히 간신에 대한 역사의 심판은 엄혹하다.

간신으로 한 번 낙인이 찍히게 되면 본인뿐만 아니라 자손들까지도 치욕 속에 숨어 살아야 했다. 그럼에도 역사에 많은 간신이 눈에 띄는 것은, 부와 권력에 대한 인간의 끝없는 탐욕 때문일 것이다.

고대 왕조의 역사를 살펴보면 군주는 간신 덕분에 일시적으로는 자신의 욕망을 채우지만, 결국에는 간신 때문에 죽임을 당하거나 치욕의 순간을 맞이하게 된다는 공통점이 있다. 이처럼 나라를 다스림에 있어서 외부의 적보다 무서운 것이 내부의 적인 간신이라고 할 수 있다.

간신을 이야기할 때 춘추오패 가운데 첫 번째 패주였던 제나라 환공의 문고리 삼인방이라고 할 수 있는 역아, 수조, 개방을 빠뜨릴 수 없다.

환공의 요리사인 역아는 제환공이 그저 지나가는 말로 "나는 다른 고기는 다 먹어 보았지만 아직 사람 고기를 먹어 본 적은 없다."라고 말하자 이튿날 자기 자식을 삶아서 바쳤다. 수조는 제환공이 여색을 밝히는 것을 알고 스스로 거세를 해 내시가 되었고, 개방은 원래 위나라 공자 신분임에도 제환공의 곁을 떠나지 않으려고 십오 년 동안 한 번도 자신의 부모를 찾지 않았다.

제환공은 이들 삼인방이 사람으로서 기본을 갖추지 못한 인물들이기에 절대로 가까이하지 말라는 명재상 관중의 충고를 무시했다가 이들에 의해 연금을 당하고 결국엔 굶어 죽고 말았다.

춘추시대 초나라의 정치가 비무극 역시 간신으로 유명하다. 비무극은 초 평왕의 며느리가 될 여인이 미모가 뛰어난 점을 알고 평왕에게 후궁으로 취하도록 부추긴 뒤 왕과 태자의 사이를 갈라놓았다. 또한 비무극은 충신인 오사와 그의 장남 오상을 모함해 죽게 함으로써 훗날 오사의 작은아들 오자서에 의해 평왕의 묘가 파헤쳐지고 시체는 삼백 번의 채찍질을 당하는 굴묘편시(掘墓鞭屍)의 굴욕을 겪게 했다.

춘추시대 마지막 패권 다툼인 오나라와 월나라의 싸움은 오왕 부차가 월왕 구천에 의해 죽임을 당하는 것으로 끝이 났는데, 그 과정에 간신 백비가 있었다.

오왕 부차가 회계산에서 월나라 군대를 쳐부수고 월왕 구천을 포로로 잡았을 때, 오자서를 비롯한 여러 신하들은 구천을 죽여 후환을 없애야 한다고 했다.

그러나 월나라에서 많은 뇌물을 받은 백비는 구천을 살려줄 것을 주장했고, 오왕 부차는 백비의 말을 들었다가 훗날 구천에게 되레 복수를 당해 나라를 잃고 자결까지 해야 하는 운명을 맞았다.

중국 최초의 통일 제국 진(秦)나라가 불과 15년 만에 멸망한 원인은 여러 가지이겠지만, 간신 조고의 탓도 컸다고 할 수 있다.

진시황의 측근 환관이었던 조고는 시황제가 죽자 유서를 조작해 장남인 부소를 자결토록 하고 어리숙한 아들 호해를 2세 황제로 삼은 뒤 권력을 좌지우지했다.

당시 조고가 얼마나 막강한 권세를 누리며 2세 황제 호해까지도 농락했는가를 보여주는 일화가 사슴을 가리키며 말이라고 했던 지록위마(指鹿爲馬)라는 고사성어이다.

환관 조고는 2세 황제 호해마저 자결하도록 만든 뒤, 3세 황제 자영을 옹립해 다시 권력을 휘두르려 했으나 결국 자영에 의해 처형되고 말았다.

중국인 대다수가 가장 공감하는 대표적 간신은 송나라 때의 진회라고 한다.

진회는 재상까지 지낸 유능한 관리였으나 송나라를 침입한 금나라와 화평을 주장하며 악비 장군 같은 주전론자들을 모함해 죽게 만들고, 금나라에 신하의 예와 조공을 바치는 화친조약을 체결했다.

그로 인해 진회는 간신이라는 낙인이 찍혀 중국 사람들이 이름에 '회(檜)'자를 쓰지 않을 정도로 저주받은 인물이 되었다. 반면에 진회의 모함으로 39세의 젊은 나이에 죽은 악비 장군은 제갈공명, 관우와 더불어 충절의 상징으로 숭배되어 오고 있다.

君使臣以禮 臣事君以忠 (군사신이례 신사군이충)

임금이 신하를 예로써 대하면 신하는 임금을 충심으로 섬긴다.

君明臣直 (군명신직)

임금이 밝으면 신하는 곧다.

欲知其君 先視其臣 (욕지기군 선시기신)

임금이 어떤 사람인지 알려면 먼저 그의 신하를 보라.

아랫사람을 충신으로 만드는 것도 군주요, 간신으로 만드는 것도 군주이다.

"오나라 왕이 검객을 좋아하면 백성들은 칼에 베인 상처가 많고, 초나라 왕이 허리가 가는 사람을 좋아하면 궁중에는 굶어 죽는 여자가 많다."라는 중국 속담이 있다. "위에서 좋아하는 것이 있으면 아래에서는 반드시 그보다 더 심한 바가 있다."라는 맹자의 말과 같은 맥락이라고 하겠다.

아랫사람은 절대권력을 가진 윗사람의 성향을 따르게 마련이다.

리더는 특정한 아랫사람에 대해 좋아하고 싫어하는 감정을 드러내는 일에 신중해야 하며, 일정한 거리를 유지하도록 늘 신경을 써야 한다.

또한 리더는 "간신은 불통에 똬리를 튼다."라는 말을 유념해 특정인이 아니라 여러 사람과 두루 소통하기 위해 노력을 기울여야 할 것이다.

# 낭중지추와 모수자천

囊中之錐(낭중지추)는 '주머니 속의 송곳'이라는 뜻으로, 재능이 뛰어난 사람은 어디에 있어도 자연스럽게 남의 눈에 띈다는 의미이다.

毛遂自薦(모수자천)은 '모수가 자기 자신을 천거했다.'는 의미로, 스스로 자신을 추천하거나 자진해서 나서는 경우를 가리키는 말이다.

대학 입학이나 기업체 입사 시험에서 면접과 자기소개서의 비중이 점점 커지고 있다.

사회생활을 하면서도 옛날처럼 묵묵히 일만 열심히 해서는 부족하고, 자신의 역량과 성과를 적극적으로 알려야 하는 자기 PR의 시대가 된 것이다.

치열한 경쟁 속에서 낭중지추의 신념으로 겸양의 미덕만 고집하다가는 성공에 이르는 기회조차 잡을 수 없다. 때와 장소에 따라서는 모수자천의 적극성이 필요하다고 하겠다.

사마천이 지은 사기의 평원군 열전에는 낭중지추와 모수자천이라고 하는 상반되는 의미의 고사성어가 동시에 연유하게 된 일화를 소개하고 있다.

전쟁이 일상화되고 나라의 생존이 불확실했던 중국 전국시대 말기에는 인재의 중요성이 더욱 커져 일부 왕족들은 수천 명의 인재를 자신의 집으로 불러 식객으로 거느렸다.

그 대표적 인물이 제나라의 맹상군, 조나라의 평원군, 위나라의 신릉군, 초나라의 춘신군으로 이들은 전국 사군자 또는 사공자라고 불렸다.

조나라는 막강한 진(秦)나라의 공격을 받게 되자 재상인 평원군을 지원군을 요청하는 사신으로 초나라에 보내기로 했다. 이에 평원군은 자신의 식객 가운데서 20명을 선발해 동행할 예정이었는데, 열아홉 명은 쉽게 뽑았으나 나머지 한 사람을 뽑지 못해 고심했다.

이때 모수라는 식객이 나서서 자기를 데려가 달라고 부탁하자 평원군이 모수에게 말했다.

"재능이 뛰어난 사람은 주머니 속 송곳처럼 남의 눈에 드러나는 법인데, 나는 그동안 당신의 이름을 들어본 적이 없소."

이에 모수가 대답했다.

"나리께서 저를 주머니 속에 넣어주지 않았기 때문에 그렇습니다. 이번에 저를 주머니 속에 넣어준다면 송곳 끝만이 아니라 자루까지 내보이겠습니다."

재치 있고 자신감 넘치는 모수의 답변에 만족한 평원군은 그를 스무 번째 수행원으로 선발해 초나라로 함께 떠났다.

초나라에 도착한 평원군 일행은 처음에는 어려움을 겪기도 했으나 모수가 나서 뛰어난 언변으로 초왕과 직접 담판을 벌여 합종에 성공함으로써 십만 명의 지원군을 얻을 수 있게 되었다.

三寸之舌 强于百萬之師 (삼촌지설 강우백만지사)

세 치 혀가 백만 대군보다 강하다.

모수 덕분에 초나라에서의 임무를 성공적으로 마친 평원군은 "모 선생의 세 치 혀가 백만 대군보다 강하오. 나는 다시는 겉모습만 보고 함부로 인재를 평가하지 않을 것이오."라고 말했다.

뛰어난 잠재능력을 갖추고 있던 모수가 스스로를 천거하지 않았다면 결국 자신의 능력을 발휘할 기회를 잡지 못했을 것이다. 자신의 가치를 알아보지 못했던 주군에게 스스로를 추천한 모수의 용기도 대단하거니와, 그를 믿고 수행원으로 선발한 평원군의 사람 보는 안목 또한 돋보이는 일화이다.

不入虎穴 不得虎子 (불입호혈 부득호자)

호랑이 굴에 들어가지 않고는 호랑이 새끼를 잡지 못한다.

自信者人亦信之 吳越皆兄弟 (자신자인역신지 오월개형제)

自疑者人亦疑之 身外皆敵國 (자의자인역의지 신외개적국)

자기 자신을 믿는 사람은 남들 역시 그를 신뢰하므로 오나라 월나라 같은 원수 사이도 형제가 된다. 그러나 자기자신을 믿지 못하는 사람은 남들 또한 그를 의심하므로 자신 이외에는 모두 적이 된다.

사람들은 아무 데서나 나서는 사람을 별로 좋아하지 않는다.

그래서 낭중지추는 겸손의 미덕이고, 모수자천은 잘난 척하는 것처럼 부정적으로 보는 경향이 있다. 그러나 경우에 따라서는 자신을 분명하게 드러낼 필요가 있다.

실력도 없는 사람이 자신을 과대평가하고 자만에 빠지는 것은 어리석은 일이지만, 실력을 갖추고서도 기회를 잡지 못하는 것 또한 슬기롭지 못한 행동이다.

오늘날 빠르게 변화하는 환경과 치열한 경쟁 속에서 언젠가는 자기를 알아주겠지 하며 마냥 기다리기보다는 자신의 능력을 믿고 스스로를 제대로 알리려는 적극성이 더욱 요구된다고 하겠다.

# 부(富)의 위력과 속성

한때 유전무죄 무전유죄라는 자조적인 말이 유행한 적이 있다.

경제성장 과정에서 나타난 부와 권력의 유착, 부익부 빈익빈에 따른 경제적 불평등, 국민 정서를 제대로 반영하지 못하는 사법제도에 대한 불신 등이 복합적으로 작용해 만들어 낸 사회적 현상이다.

> 千金之子 不死於市 (천금지자 불사어시)
>
> 천금을 가진 부잣집 자식은 죽을죄를 지었어도 저잣거리에서 처형을 당하지 않는다.

중국 춘추시대 월왕 구천의 책사였던 범려의 말이다.

사마천의 사기에 의하면 범려는 와신상담 고사에서 보여주듯 월왕 구천을 도와 오나라 부차를 멸망시키고 그 공을 크게 인정받았다. 그러나 범려는 토사구팽의 위험을 예감하고 모든 기득권을 포기한 채 다른 나라로 도망가서 장사를 해 큰돈을 모았다.

범려는 비록 장남의 어리석은 실수로 인해 초나라에서 사형을 당하게 된 둘째 아들을 구하는 일에는 실패했지만, 돈을 아낄 때와 쓸 때를 아는 것이 생사를 좌우할 만큼 중요하다는 사실을 정확하게 인식했던 사람이다.

以權利合者 權利盡而交疎 (이권리합자 권리진이교소)

권력이나 이익으로 만난 사람은 권력과 이익이 다하면 멀어진다.

사기를 지은 사마천의 말이다. 고대 중국에는 사형 판결을 받은 사람이 속전(贖錢)으로 오십만 전을 내거나 궁형(宮刑), 즉 거세형을 자청하면 사형을 면해주는 제도가 있었다.

사마천은 흉노 정벌에 나섰다가 투항한 이릉 장군을 변호하다가 한 무제의 미움을 사 억울하게 사형이 확정되었고, 돈을 구할 수가 없어 치욕적인 궁형을 당해야 했다.

사마천은 돈을 빌려주지 않고 외면한 지인들에 대한 서운한 감정을 간직한 채 사기 130권을 완성하는 불멸의 업적을 이뤘다.

사기가 다른 역사서와 달리 「화식열전」 같은 부와 장사꾼에 관한 내용을 많이 포함하고 있는 것은 돈에 대한 사마천의 아픈 경험도 영향을 미쳤을 것으로 볼 수 있다.

人義盡從貧處斷 (인의진종빈처단)
世情偏向有錢家 (세정편향유전가)

마음을 다해 모셔도 가난하면 사람들의 발길이 끊기고,
세상의 인심은 돈 많은 곳으로 향한다.

貧居鬧市無相識 (빈거료시무상식)
富住深山有遠親 (부주심산유원친)

가난하면 저잣거리에 살고 있어도 아는 척하는 사람이 없고,

부유하면 깊은 산 속에 살아도 멀리서 찾아오는 친척이 있다.

大富由命 小富由勤 (대부유명 소부유근)

큰 부자는 하늘이 내고, 작은 부자는 부지런함으로 이룰 수 있다.

不積小流 無以成江海 (부적소류 무이성강해)

조그만 물줄기가 모이지 않으면 강과 바다를 이룰 수 없다.

부자가 되기 위해 돈을 버는 일은 결코 쉽지 않다. 시대와 환경이 바뀌어도 열심히 일하고 번 돈을 아껴 저축하는 것이 부자가 되는 첫 걸음이다.

인간의 욕망 가운데 가장 큰 것이 부와 권력에 대한 욕망일 것이다. 부와 권력은 어떨 때는 유착하기도 하고 또 어떨 때는 갈등을 빚기도 한다. 예전에는 권력을 잡으면 돈도 당연히 따라오는 것으로 생각하는 사람이 많았고, 권력자가 그 권력을 이용해 부까지 거머쥐려 하다가 사달이 난 경우도 적지 않았다.

부의 위력과 속성은 옛날이나 지금이나 크게 변하지 않은 것 같다.

처음에는 이러저러한 혐의로 엄중한 처벌을 받을 것 같던 권력자들이나 기업인들이 결국에는 가벼운 형을 받거나 사면을 통해 쉽게 풀려 나오는 모습을 종종 보게 된다.

영국의 철학자 프랜시스 베이컨은 "돈은 최고의 하인이지만 최악의 주인이다."라고 말했다. 로또 복권에 당첨되어 거액의 돈을 거머쥔 뒤 오히려 삶을 망쳐버린 사람들의 이야기가 가끔 매스컴을 통해 소개된다. 돈은 종종 행운의 탈을 쓴 불행인 경우도 있다는 말을 실감하게 한다. 돈과 부를 얼마나 가지고 있느냐보다 어떻게 쓰느냐가 더 중요하다는 점을 늘 잊지 말아야 할 것이다.

# 빅 픽처(Big picture), 큰 그림을 그려라

빅 픽처, 큰 그림은 우리가 목표를 세우고 그것을 향해 나아갈 때 실을 잃지 않도록 방향을 잡아주는 역할을 한다. 그것은 건축가의 설계도면과 같고, 탐험가의 지도와 같다고 하겠다.

큰 그림을 그린다는 것은 고수가 바둑을 둘 때 몇 수 앞을 내다보고 돌을 놓는 것처럼 넓은 시야를 가지고 장기적인 전략이나 비전을 세우는 일이다.

미국의 작가 더글라스 케네디의 소설 '빅 픽처'가 출간된 이후 큰 그림에 대한 사람들의 관심이 높아져 요즈음엔 일상에서 많이 사용하는 친숙한 표현이 되었으며, TV 프로나 게임 등에서도 종종 인용되고 있다.

"전체를 보는 거야. 큰 그림을 그릴 줄 알아야 작은 패배를 견뎌낼 수 있어."

한 케이블 TV에서 인기를 끌었던 드라마 「미생(未生)」에 나오는 대화의 한 토막이다.

큰 그림을 그려 전체를 보는 사람은 작은 일에 일희일비하지 않고 퍼즐 조각 하나하나를 맞추며 큰 그림을 완성해 갈 수 있다. 세상은 큰 그림을 그릴 줄 아는 사람들에 의해 주도되어 왔고, 역사에는 큰 그림을 그려 성공을 거둔 사례들이 많다.

하늘과 땅을 걸고 주사위를 한 번 던져 결정한다는 의미의 건곤일척(乾坤一擲)은 운명을 건 한판 승부를 일컫는다. 이 사자성어는 당나라의 문장가 한유가 초한 전쟁 당시 항우와 유방이 대치했던 홍구를 지나면서 지은 '과홍구(過鴻溝)'라는 시의 마지막 구절에서 유래되었다.

항우와 유방은 일진일퇴의 공방전을 벌이다가 홍구를 경계로 천하를 양분하기로 합의하고 싸움을 멈췄다. 항우는 초나라 도읍인 팽성을 향해 철군하기 시작했고, 유방도 철군하려 하자 참모인 장량과 진평이 진언했다.

"초나라는 군사들이 몹시 지쳐 있고 군량마저 바닥이 났습니다. 지금이야말로 하늘이 초나라를 멸하려는 것이니 당장 쳐부숴야 합니다. 지금 치지 않으면 호랑이를 길러 후환을 남기는 꼴이 될 것입니다."

이에 유방은 말머리를 돌려 초나라 군대를 추격했고, 해하에서 항우를 격퇴하고 천하통일을 이뤘다. 장량의 큰 그림이 없었더라면 이 같은 건곤일척의 승부수는 불가능했을 것이다.

소설 삼국지에서 유비의 삼고초려에 감동한 제갈량은 천하삼분지계(天下三分之計)를 제안했다.

제갈량이 구상한 천하삼분지계는 북쪽은 천시(天時)를 차지한 조조에게, 남쪽은 지리(地利)를 차지한 손권에게 각각 양보하고, 유비는 인화(人和)를 바탕으로 형주와 서천을 취해 세 개의 솥발이 솥을 안정적으로 지탱하는 것과 같은 정족지세(鼎足之勢)를 이뤘다가 훗날 중원을 도모한다는 큰 그림이었다.

당시 조조나 손권에 비해 세력이 미약했던 후발주자 유비는 제갈량의 천하삼분지계를 받아들여 사천 지방에 촉을 세움으로써 위, 오, 촉 삼국시대를 정립하는 계기가 되었다.

천하삼분지계는 제갈량보다 사백 년이나 앞선 초한 전쟁 때 한나라 대장군 한신의 책사였던 괴통(괴철)에 의해 제시된 적이 있었다.

괴통은 한신에게 유방으로부터 독립해 항우, 유방과 더불어 천하를 삼분할 것을 제안했지만, 소심한 성격에 큰 그림을 이해하지 못한 한신이 이를 거절하는 바람에 성사되지 못했다. 한신은 초한 전쟁에서 유방이 승리할 수 있도록 큰 공을 세웠음에도 불구하고 전쟁이 끝난 뒤 유방에 의해 토사구팽의 죽임을 당하게 되자 괴통의 천하삼분지계를 받아들이지 않은 것을 크게 후회했다.

燕雀安知 鴻鵠之志 (연작안지 홍곡지지)

제비나 참새 따위가 어찌 기러기나 고니의 큰 뜻을 알겠는가.

통일제국 진(秦)나라를 기울게 만든 중국 최초의 농민반란인 '진승·오광의 난'을 일으킨 진승은 평범한 사람은 영웅의 큰 뜻을 알지 못한다며 자신이 큰 그림을 그리고 있음을 주변 사람들에게 이야기했다. 그러나 진승은 그 그림을 완성하는 역량이 부족해 반란은 채 일 년을 버티지 못했으며, 진승은 죽음을 맞게 되었다.

큰 그림 자체를 그리지 못해 전투에서는 늘 이겼지만 전쟁에서 진 경우도 있다.

초패왕 항우는 초한전쟁에서 70여 차례나 승리를 거두고도 해하전투에서의 단 한 번의 패배로 천하통일의 기회를 유방에게 넘겨주고 자신은 서른한 살의 젊은 나이에 생을 마감하고 말았다.

우리는 모두 자기 나름의 그림을 그리며 인생을 살아간다.

큰 그림을 그리기 위해서는 근시안적인 사고에서 벗어나 멀리 보아야 하고, 나무만 볼 것이 아니라 전체 숲을 볼 수 있는 능력을 길러야 한다.

주어진 일에만 몰두하는 것이 아니라 지금 하고 있는 일을 통해 무엇을 이룰 것인가 하는 큰 그림을 그리게 되면 일을 대하는 마음도 달라지고 결과도 훨씬 더 나아질 것이다.

북한의 비핵화를 실현하기 위해 한국과 미국, 그리고 북한의 정상들이 몇 번씩이나 만나며 회담을 이어가고 있다. 아마도 세 나라의 정상들은 나름의 큰 그림을 그리고 있을 것이다. 아무쪼록 세 사람의 그림이 조화를 이뤄 한반도의 비핵화와 세계평화에 이바지하는 계기가 마련될 수 있기를 기원해 본다.

# 노키즈 존(No kids zone) 유감(有感)

어린아이를 동반할 수 없는 '노키즈 존' 식당이 늘어나고 있다는 소식이다.

어떤 사람들은 조용히 담소하며 식사를 하기 위해 갔는데 부모와 함께 온 아이들이 식당 안을 왔다 갔다 하거나 큰 소리로 떠드는 것은 참기 힘들다며 이를 환영한다.

그러나 아이를 둔 부모 입장에서는 지나친 처사라며 서운함을 토로한다.

애국을 들먹이기도 하고, 양육 보조금을 얼마 주느니 하면서 아이를 많이 낳으라고 이야기하고 있지만, 정작 사회적으로는 아이들의 특성을 이해하거나 포용하려는 노력이 부족하다는 지적이다.

양측의 입장 모두 일리가 있기도 하고 조금씩 양보가 필요하기도 한데, 그 접점에서 짚어 봐야 할 것이 요즈음 젊은 부부들의 자식 교육 문제가 아닐까 싶다.

慾知其父 先視其子 (욕지기부 선시기자)

아비를 알려거든 먼저 그 자식을 보라.

부모가 나무라면 아이는 그 열매다. 아이의 인격과 성품이 형성되는데 부모의 영향력은 지대하다. 아이들 교육에 있어서 가정은 최초의 학교이며, 부모는 아이들의 최초의 교사라고 할 수 있다.

憐兒多與棒 憎兒多與食 (연아다여봉 증아다여식)

아이를 귀하게 여기거든 매를 많이 주고, 아이를 미워하거든 먹을 것을 많이 주어라.

서양에도 "매를 아끼면 자식을 망친다."라는 속담이 있다. 자식에게 사랑을 베풀되 그저 응석받이로 키워서는 안 된다. 아이가 원하더라고 해도 되는 것과 해서는 안 되는 것이 있음을 분명히 알게 해야 한다. 자식 사랑도 지나침은 모자람만 못하다.

심심찮게 아이들에 대한 체벌이 뉴스가 되기도 하는데, 문제는 그 체벌에 아이의 장래를 걱정하는 따뜻한 사랑이 담겨 있느냐라고 할 것이다.

아이 교육을 이야기할 때면 맹자와 관련된 일화들이 많이 인용된다.

맹자 어머니가 묘지, 저잣거리, 서당 근처 등 각기 다른 환경으로 세 번씩이나 이사를 했다는 맹모삼천지교(孟母三遷之教)는 세 번의 이사 자체보다 그 안에 담긴 뜻을 살펴야 한다. 먼저 묘지와 저잣거리에서 삶의 본질을 생각하도록 한 후에야 삶의 경영을 위한 학문의 길로 나아가게 한 맹자 어머니의 속 깊은 배려를 배워야 할 것이다.

맹자에 나오는 발묘조장(拔苗助長)은 아이 교육에 지나치다 싶을 정도로 극성스러운 부모들에게 교훈을 준다.

춘추시대 송나라의 한 농부는 논에 모를 심어 놓고 벼가 얼마나 자랐는지 궁금해서 논으로 달려가 보았는데, 벼가 너무 더디게 자라는 것 같았다. 이에 농부는 벼의 포기를 살짝 뽑아 놓았다. 그랬더니 벼의 키가 한결 커진 것처럼 보였다. 집으로 돌아온 농부는 아들에게 하루 종일 벼를 키워 주느라 열심히 일했더니 기운이 없다고 이야기 했다. 의아한 생각이 든 아들이 논으로 달려가 보니 벼들이 땅에서 뿌리가 뽑혀 이미 말라 죽어 있었다.

그냥 두어도 때가 되면 뿌리를 내리고 잘 클 텐데 성급하게 성과를 보려는 욕심이 오히려 일을 그르친다. 지나친 과외나 조기교육은 아이의 장래를 망치는 발묘조장이 될 수도 있음을 생각하게 한다.

父子之間不責善 (부자지간불책선)

아버지와 자식 사이에는 완전하기를 요구해서는 안 된다.

맹자에 나오는 문장으로 아버지와 자식이 서로 완전하기를 요구하면 부자간의 의리를 해치게 되고 결국은 서로를 미워하게 된다는 의미이다. 아버지와 자식은 논리적으로 어떤 것이 옳은지, 그른지를 따지는 사이가 아니라 있는 그대로를 인정해야 한다는 것이다.

아버지가 자식을 직접 가르칠 경우 아버지는 자식에게 반드시 정도(正道), 즉 바른 도리로 할 것을 요구한다. 그런데 자신이 요구한 대로 실행이 되지 않으면 자식에게 화를 내게 되어 서로의 마음을 다치게 된다. 자식 입장에서도 아버지가 나에게 정도를 가르친다고 하지만, 아버지 역시 때로는 바르게 실천하지 않을 때가 있다고 하면서 아버지와 자식이 서로 책망하게 될 수도 있다.

그래서 옛날부터 자식을 가르칠 때는 역자이교지(易子而教之) 또는 교자(交子)라고 하여 자기가 직접 가르치지 않고 다른 사람의 자식과 바꿔서 가르쳐 아버지와 아들 사이에 책망하거나 마음 상할 일이 생기지 않게 했다.

이러한 옛사람들의 속 깊은 전통은 오늘날 일부 상류계층에서 유행한다는 자녀 스펙 품앗이와는 근본적으로 다른 것이다.

알에서 병아리가 태어나기 위해서는 알 속의 새끼와 밖에 있는 어미가 동시에 알껍데기를 쪼는 줄탁동기(啐啄同機)의 아름다운 순간이 있어야 한다. 아이들의 교육에 있어서도 가정과 사회가 서로를 이해하고 존중하는 줄탁동기가 있어야만 소기의 성과를 거둘 수 있을 것이다.

노키즈 존을 찬성하는 사람도, 반대하는 부모들도 역지사지의 자세로 아이들이 천진난만함과 순수성을 잃지 않고 반듯하게 클 수 있는 환경을 만드는 일에 합심해야 할 것이다.

아이들은 우리 모두의 미래이자 희망이다.

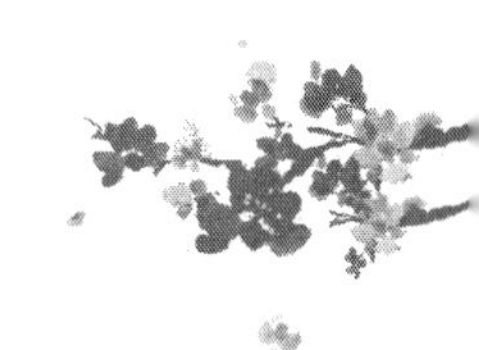

# 토사구팽(兎死狗烹)의 교훈

토사구팽이란 교토사 주구팽(狡兎死走狗烹)의 줄임말로, 필요할 때는 요긴하게 쓰다가 목적을 달성하거나 효용성이 없어지면 야박하게 내팽개치는 경우를 빗대어 말하는 것이다. 권력이란 비정하기 그지없어 달면 삼키고 쓰면 뱉는 감탄고토(甘呑苦吐)의 속성을 지니고 있다.

흔히 말하기를 전쟁이 끝나면 정치가 시작된다고 한다. 새로운 환경이 시작되는 새 시대에는 새로운 인물이 필요하고, 그에 따라 구시대의 인물은 자연스레 물러날 수밖에 없다. 특히 전쟁이 끝난 후 토사구팽이 많이 생기는 이유이기도 하다.

狡兎死走狗烹 (교토사 주구팽)
高鳥盡良弓藏 (고조진 양궁장)
敵國破謀臣亡 (적국파 모신망)
토끼 사냥이 끝나면 사냥개를 삶고,
높이 나는 새를 잡은 뒤에는 좋은 활도 곳간에 처박히며,
적국이 멸망하면 지혜로운 신하는 제거된다.

사마천의 사기에 의하면 토사구팽은 월나라의 정치가이자 군사 전

략가인 범려의 말에서 처음 유래했지만, 한 고조 유방이 초한 전쟁에서 큰 공을 세운 대장군 한신을 제거한 일이 대표적인 일화로 전해온다.

춘추시대 말기 오왕 부차와 월왕 구천의 드라마틱한 복수극의 전개 과정은 와신상담의 고사성어에 담겨 있다. 오월쟁패는 결국 월왕 구천이 오나라를 멸망시키고 오왕 부차를 자결하게 하는 것으로 마무리되는데, 월왕 구천은 그동안 큰 공을 세운 신하 범려와 문종에게 높은 관직을 내리며 치하했다. 그러나 범려는 구천이 고생은 같이해도 기쁨을 함께 나눌 인물이 못 된다는 것을 알고 있었다. 그는 모든 기득권을 포기하고 다른 나라로 도망가서 이름도 바꾸고 장사를 하며 거부로 살았다.

범려는 동료인 문종에게도 위험을 알리고 함께 떠날 것을 제안했지만, 문종은 설마 하며 망설이다가 얼마 후 구천으로부터 반역을 의심받아 자결하게 되니 토사구팽의 희생양이 된 것이다.

장량, 소하와 더불어 서한삼걸(西漢三杰)로 꼽히는 한신은 병선(兵仙)이라 불릴 정도로 군대 운용 능력이 뛰어나 유방이 항우와 다투던 초한 전쟁에서 승리를 거두고 한나라가 천하통일을 이루는데 크게 기여했다.

그러나 한신의 능력도 전쟁이라는 난세에는 적을 무찌르는 대장군으로서 필요했지만, 전쟁이 끝난 치세에는 그저 왕권을 위협하는 위험한 존재로밖에 인식되지 않아 죽임을 당하는 신세가 되고 말았다.

한신과 달리 권력의 속성을 잘 알았던 책사 장량은 전쟁이 끝나자 유방의 곁을 떠나 장가계로 은신해 천수를 누렸다. 장량의 사당에는 멈출 때를 안다는 '지지(知止)'와 성공한 곳에 머물지 않고 물러난다는 노자 도덕경의 '성공불거(成功不居)'라는 글자가 새겨져 있어 그곳을 찾는 관람객들에게 이천 년 넘게 변하지 않는 생존의 지혜를 전하고 있다.

역사적으로 토사구팽의 예는 범려와 한신 외에도 수없이 많다.

조선 건국 초기에 이방원은 두 차례에 걸친 왕자의 난을 평정하고 조선 왕조 건국의 설계자인 정도전은 물론 자신의 왕위 등극을 도와준 부인 민씨 집안마저 풍비박산 내며 왕권을 강화한 바 있다.

태종 이방원이 이처럼 정도전과 형인 정종, 그리고 처가인 민씨 집안을 토사구팽시킨 덕분에 신흥 왕조 조선의 왕권은 안정화되었고, 그러한 여건 속에서 다음 보위에 오른 세종은 성군(聖君) 소리를 들을 만큼 많은 치적을 내며 태평성대를 누릴 수 있었던 것이다.

요즈음에도 새로 창업한 회사가 안정을 찾거나 경영권이 2대에게 넘어가면 회사 설립 초기에 고생했던 창업 공신들이 줄줄이 물러나는 경우를 본다. 당하는 사람 입장에서야 이용당했다는 억울한 심정이 들 수도 있을 것이다.

그러나 난세와 치세, 전시와 평시, 창업과 수성에는 필요한 인재의 스펙이 다를 수밖에 없음을 감안한다면 토사구팽을 부정적으로만 볼 것이 아니라 제2의 도약과 발전의 계기를 마련한다는 긍정적인 측면에서 접근할 필요도 있다고 하겠다.

# 환경 때문에, 환경 덕분에

사람은 나쁜 환경 때문에 잘못될 수도 있고, 좋은 환경 덕분에 잘될 수도 있다.

어떤 환경에 있느냐에 따라 그 사람의 인생이 달라질 수 있는 것이다.

사람들이 좋은 학군, 명문 학교를 구분하고 따지는 이유일지도 모르겠다.

近朱者赤 近墨者黑 (근주자적 근묵자흑)

붉은 물감을 가까이하면 붉어지고, 검은 먹을 가까이하면 검어진다.

사람은 자신이 몸담고 있는 환경 또는 가까이하는 사람의 영향을 받게 마련이라는 의미이다.

橘化爲枳(귤화위지)는 강남의 귤을 회수 이북의 강북에 옮겨 심으면 탱자가 된다는 뜻으로, 좋은 사람도 나쁜 환경의 영향을 받으면 나쁘게 변한다는 의미를 담고 있는데 아래의 일화에서 나왔다고 한다.

중국 춘추시대 제나라의 안영이 초나라에 사신으로 갔다. 안영은 키가 아주 작았지만, 지혜가 뛰어났고 현실정치에 밝았으며 검소하여 백성들의 신망이 높은 명재상이었다.

초나라 왕은 안영을 얕잡아 보고 망신을 주려 제나라 출신 죄인을 일부러 안영의 면전에서 심문하며 물었다.

"제나라 사람은 원래 도둑질을 잘하는가?"

이에 안영은 "강남의 귤을 강북에 옮겨 심으면 탱자가 됩니다. 기후와 풍토가 다르면 과일의 모양과 성질이 변하듯, 사람도 주위 환경에 따라 달라져 제나라에서 선량하던 사람이 초나라에 와서 나쁜 사람들과 어울리다 보니 죄인이 된 것 같습니다"라고 말했다.

일화를 통해 초나라 왕을 무안하게 만든 안영의 재치가 돋보인다.

蓬生痲中 (봉생마중)

구불구불하게 자라는 쑥도 곧게 크는 삼밭에서 자라면 곧아진다.

사람이 좋은 환경이나 선량한 사람과 함께 있으면 그 영향을 받아 선해질 수 있다는 뜻이다. 귤화위지가 나쁜 환경의 부정적 영향을 경계하라는 의미인 반면, 봉생마중은 좋은 환경의 긍정적인 영향을 중요시하고 있다.

교육 환경의 중요성을 이야기할 때 맹모삼천지교(孟母三遷之教)만큼 자주 인용되는 고사는 없을 것이다. 맹자 어머니가 각기 다른 환경으로 세 번씩이나 이사를 했다는 사실보다도 그 안에 담긴 진정한 뜻을 음미할 필요가 있다.

맹자 어머니가 처음에 묘지 주변으로 이사를 한 것은 사람은 누구나 죽게 마련이며, 권력, 명예, 부 같은 모든 것이 무의미해지는 죽음에 대해 생각해 볼 기회를 주기 위해서였다. 다음으로 시장 근처로 이사한 것은 생존을 위한 치열한 삶의 현장을 체험하도록 한 것이었으며, 마지막으로 이사를 한 곳이 서당 근처였다.

맹자의 어머니는 어린 맹자로 하여금 삶의 본질을 파악한 뒤에야 참된 삶을 경영하기 위한 학문에의 길로 정진하게 했던 것이다.

吾少也賤 故多能鄙事 (오소야천 고다능비사)

나는 어려서 천하게 자랐다. 그래서 많은 능력을 기를 수 있었다.

공자의 말처럼 비천한 환경이 오히려 삶의 원동력이 되기도 한다.

퇴역 군인이었던 공자의 아버지는 70이 넘은 나이에 16세의 어린 무녀를 취해 공자를 얻었다. 사기의 저자 사마천은 공자의 출생을 야합이생(野合而生), 즉 들판에서 부적절한 관계를 통해 태어났다고 표현했다. 공자는 불우한 환경에서 태어나 성장하며 많은 고생을 했지만, 결국에는 만세사표(萬世師表)의 성인이 되었다. 어려움을 딛고 일어선 그의 위대함이 더욱 돋보이는 이유다.

한때 강남 8학군 신드롬이 거셌던 때가 있었다. 자녀를 좋은 학교에 보내고 좋은 환경 속에서 키우고 싶은 부모의 마음은 인지상정이겠지만, 맹자의 어머니와 같은 속 깊은 배려가 먼저 있어야 할 것이다. 학이불사즉망(學而不思則罔), 배우기만 하고 생각하는 바가 없으면 얻는 게 없다고 했다.

# 거문고와 비파의 어울림, 부부금슬(夫婦琴瑟)

눈과 날개가 하나뿐이어서 둘이 합쳐야 날 수 있다는 전설의 새 비익조(比翼鳥)나 뿌리가 다른 나뭇가지들이 서로 엉켜 마치 한 나무처럼 자라는 연리지(連理枝)는 진한 부부애를 상징한다.

당나라 시인 백거이(낙천)는 「장한가(長恨歌)」에서 "하늘에서는 비익조가 되고 땅에서는 연리지가 되라."라며 당 현종과 양귀비의 지극하고 슬픈 사랑을 노래하기도 했다.

원앙이나 기러기 역시 금슬 좋은 부부를 나타내 혼례와 관련된 상징물로 쓰이곤 한다. 자귀나무는 밤이면 잎이 오므라들어 서로를 포옹한다고 하여 합환수(合歡樹)로 불리며, 정원에 심어 놓으면 부부금슬이 좋아진다는 속설이 있다.

부부금슬과 연관된 동식물이나 속설이 많은 것은 그만큼 부부금슬이 남녀 간의 삶에 있어서 중요하고 또 어려운 문제이기 때문일 것이다.

貧賤之交不可忘 (빈천지교불가망)
糟糠之妻不下堂 (조강지처불하당)

가난하고 미천할 때 사귀던 친구는 잊을 수 없고,

고생을 함께 한 아내는 집에서 내칠 수 없다.

후한 광무제는 과부가 된 누이 호양공주가 재가해서 새로운 가정을 이루길 바랐다.

그는 호양공주가 유부남인 신하 송홍을 마음에 두고 있음을 알고 고민했다. 송홍은 청렴하고 성격이 강직해 황제에게도 직언을 서슴지 않는 인물이었기 때문이다. 광무제는 혹시나 하는 마음으로 송홍을 불러 "사람이 귀하게 되면 친구를 바꾸고, 부귀를 얻으면 아내를 바꾼다는 속언이 있다고 하는데, 어찌 생각하는가?"라며 넌지시 마음을 떠보았다.

이에 송홍은 "가난할 때 사귄 친구를 잊어서는 안 되며, 고생을 함께 한 아내를 버려선 안 됩니다. 벼슬이 올라 부귀를 누린다고 술지게미와 쌀겨를 먹으며 어려운 시절을 함께 했던 아내를 어찌 져버릴 수 있겠습니까?" 하며 단호하게 자신의 뜻을 밝혔고, 광무제는 호양공주를 송홍에게 재가시키려던 마음을 접어야 했다.

殺妻求將 (살처구장)

부인을 죽여 장군의 자리를 얻다.

송홍처럼 아내를 지극하게 생각한 사람이 있는가 하면 자신의 출세를 위해 아내를 죽인 일화도 전해진다.

전국시대 위나라 출신 오기 장군은 손자에 비견될 정도로 병법의 대가였는데, 76전 64승 12무의 전과가 말해주듯 싸웠다 하면 승리를 거둬 상승장군(常勝將軍)으로 불렸다.

그가 노나라에 있을 때였다. 인접한 제나라가 대군으로 노나라를 침입했는데, 이에 맞설 군대를 지휘할 대장군으로 오기를 임명하는 문제를 놓고 왕과 대신들이 격론을 벌였다.

논의의 핵심은 오기의 아내가 제나라 출신 여인이었기에 오기를 대장군으로 임명하면 제나라에 맞서 싸울 수 있겠느냐 하는 것이었다. 이런 이야기를 전해 들은 오기는 집으로 달려가 자기 아내의 목을 벤 뒤 왕 앞으로 나아가 이제 대장군에 임명해 달라고 했고, 결국 오기는 노나라의 대장군이 되어 제나라 군대와 싸워서 이겼다.

그런 일이 있은 후 오기는 아내를 죽여 대장군 자리를 얻은 '살처구장'으로 불렸으며, 이는 목표를 위해 수단과 방법을 가리지 않음을 의미하는 고사성어가 되기도 했다.

백제 말기의 계백 장군 역시 나당 연합군과 싸우기 위해 황산벌로 출전할 때 처자를 죽였다는 이야기가 있다. 삼국지에서 유비는 "아내와 자식은 오래되고 낡으면 새것으로 갈아입을 수 있는 옷과 같지만, 형제는 수족과 같다."라며 부인보다 도원결의를 맺은 관우, 장비와의 형제애를 중요시했다.

이러한 처사를 가혹하다고 비난해야 할지, 아니면 그 대의명분을 존중해야 할지 속단하기 어렵겠지만, 당시의 상황이나 사람들의 가치관, 의식 수준 등을 고려해야 할 것이다.

5월 21일은 부부의 날이다. 둘(2)이 합쳐서 하나(1)의 부부로 산다는 의미에서 가정의 달인 5월의 21일을 부부의 날로 정했다고 한다.

과거에는 결혼을 하면 조강지처와 함께 검은 머리가 파 뿌리가 되도록 금슬 좋게 늙어가는 것을 당연하게 여겼다. 그러나 우리나라의 이혼률도 높아져 세계에서 10위권 안에 들게 되었고, 최근에는 인구

고령화에 따라 황혼 이혼이니 졸혼이니 하는 새로운 풍속도 증가하는 추세라고 한다.

살아온 환경이 다르고 성격이 다른 두 사람이 만나 부부로 함께 살아간다는 게 결코 수월한 일은 아닐 것이다. 거문고와 비파가 잘 어울려 좋은 소리를 내는 것 같은 부부화합의 금슬지락(琴瑟之樂)을 위해서는 두 사람의 끊임없는 이해와 노력이 필요할 것이다.

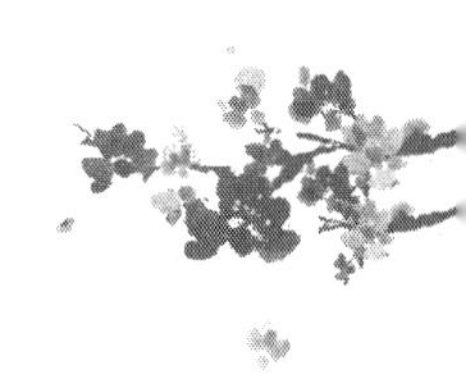

# 가깝지도 않고, 멀지도 않은

인공위성을 우주 궤도에 쏘아 올릴 때는 구심력과 원심력이 균형을 이루는 최적의 지점에 위치해야 한다. 그보다 조금만 더 지구에 가까워 구심력이 커지면 위성은 지구로 빨려 들어와 추락할 것이고, 반대로 조금 멀어져 원심력이 더 커지면 궤도를 벗어나 멀리 우주 속으로 사라질 것이다.

철새들이 대형을 이뤄 편대비행을 하는 것은 에너지 소모를 최소화해 더 멀리 날기 위한 요령이다. 앞에 나는 새들이 날갯짓으로 상승기류를 만들면 뒤에 나는 새들은 이에 편승해 상대적으로 적은 에너지를 소모하면서 날 수 있다. 새들은 효율적인 비행을 위해 최적의 위치를 찾아 수시로 자리바꿈을 하며 날아간다.

사람이라는 뜻의 한자어 '인간(人間)'은 '사람 인(人)'에 '사이 간(間)'을 쓴다.

사람과 사람 사이의 거리, 간격이 중요하다는 의미를 함축하고 있다.

결국 사이가 좋다, 관계가 좋다는 말은 거리 유지를 적당히 잘하고 있다는 말의 다른 표현이라고 볼 수도 있다. 다른 사람과의 좋은 관계를 오래도록 잘 유지하기 위해서는 가깝지도 않고 멀지도 않은 불가근 불가원(不可近 不可遠)의 적당한 거리를 유지하는 일이 매우 중요하다.

久住令人賤 頻來親也疎 (구주영인천 빈래친야소)
但看三五日 相見不如初 (단간삼오일 상견불여초)
오래 머물면 사람이 천해지고, 자주 오면 친한 사이도 멀어진다.
단지 사나흘만 봐도 서로 바라봄이 처음과 같지 않다.

허물없고 친한 사이라도 만남의 횟수가 늘어나고 함께 있는 시간이 많아지면 처음의 반갑던 마음도 무뎌지고 자칫 사소한 말과 행동으로 친한 감정에 흠이 갈 수도 있다. 그렇다고 조금 뜸해져 눈에서 멀어지면 "Out of sight, out of mind."라는 서양 속담처럼 마음에서도 멀어지는 경우가 많다.

가까이 있어서 존경받을 사람 없고, 멀리 있어서 정(情) 날 사람 없다고 한다.

가까이하다 보면 무례해지거나 많은 것을 알게 되어 실망하게 되고, 떨어져 있으면 감정이 식어 관계가 소원해진다는 의미이다.

唯女子與小人 爲難養也 (유여자여소인 위난양야)
近之則不遜 遠之則怨 (근지즉불손 원지즉원)
여자와 아래 사람은 다루기가 어렵다.
가까이하면 불손하게 굴고, 멀리하면 원망을 한다.

공자는 특히 배움이 없는 여자와 아랫사람을 다루는 데는 신경을 써야 한다고 했다.

아무리 친하고 편한 사이라도 지켜야 할 것이 있고, 무례하게 대하거나 성의 없이 굴어서는 안 되며, 예의로써 배려해야 한다는 것이다.

불가근 불가원이라는 말을 처음 쓴 사람은 월나라의 정치가 범려라고 한다.

춘추시대 월왕 구천은 오왕 부차를 무너뜨리고 와신상담(臥薪嘗膽)의 고사성어를 완성했다. 구천은 공이 큰 신하 범려와 문종에게 높은 관직을 내리며 치하했다.

그러나 범려는 모든 기득권을 포기한 채 월나라를 떠나며 문종에게 "구천은 고생은 같이해도 기쁨을 함께 나누지는 못할 불가근 불가원의 인물이니 함께 떠나자."라고 했다. 그러나 문종은 망설이다가 결국 반역죄를 의심받아 자결함으로써 토사구팽을 당하고 말았다.

독일 철학자 쇼펜하우어의 '고슴도치의 딜레마'라는 우화가 있다.

겨울이 되면 고슴도치는 추위를 피하기 위해 서로 의지하려 하는데, 서로 몸을 기대면 가시에 찔려 상처를 입고, 그렇다고 멀리 떨어지면 추위를 견디기가 힘들다. 그들은 몇 번의 시행착오를 거쳐 마침내 서로에게 상처를 주지 않으면서도 따뜻함을 느낄 수 있는 거리를 찾아낸다는 이야기이다. 적절한 거리를 유지하는 일이 생존에 있어서 얼마나 중요하고 어려운 일인가를 알려주는 우화이다.

불가근 불가원은 인간관계에 있어서 지나침이나 모자람이 없고, 엄격함과 자애로움이 조화를 이루는 중용을 유지하는 일이다. 그렇지만 불가근 불가원이 단지 사람과 사람 사이의 관계에만 적용되는 것은 아니며, 부(富)와 명예, 그리고 권력과 같은 인간의 욕망에 대해서도 동일하게 적용된다.

모닥불에 뛰어드는 불나방처럼 지나친 욕심으로 부와 명예, 권력을 탐하다가 나락으로 떨어지는 경우를 우리 주변에서 종종 볼 수 있다. 불가근 불가원은 이러한 인간의 끝없는 욕망에 대한 브레이크라고 할 수 있다.

# 마음이 담긴 말

요즘 들어 취업과 대학입시에 면접시험의 비중이 점점 커지고 있으며, 사회에서도 달변이 요구되는 추세이다. 이는 커뮤니케이션의 중요성에 대한 인식이 높아졌기 때문으로, 스티브 잡스의 멋진 프레젠테이션과 연설은 많은 젊은이들의 부러움을 사기도 했다.

커뮤니케이션의 중요한 수단인 말은 진정성과 진심이 바탕이 되어야 사람을 설득하고 감동시킬 수 있다.

예전에는 신언서판(身言書判)이라 하여 언변, 즉 말이 풍채, 문장력, 판단력과 함께 선비가 지녀야 할 네 가지 미덕 가운데 하나로 꼽혔으며, 당나라 때는 이를 기준으로 관리를 선발하기도 했다.

巧言令色 鮮矣仁 (교언영색 선의인)

겉치레로 하는 말과 꾸민 얼굴에는 인(仁)이 없다.

말이 적은 행동이 감동적이고 오래 기억되는 것은 그것이 마음에서 우러나왔기 때문이다.

공자는 눌언민행(訥言敏行), 말은 어눌하게 하고 행동은 민첩하게 하라며 말보다 실천을 강조하기도 했다.

三寸之舌 强于百萬之師 (삼촌지설 강우백만지사)

세 치 혀가 백만 대군보다 강하다.

실제로 이러한 사례는 역사적으로 종종 있었다. 전쟁이 일상이었던 춘추전국시대 생존을 위한 방편으로 합종책이나 연횡책을 주장했던 소진, 장의 같은 유세객들이 그러했고, 고려 시대 서희 장군도 담판으로 거란족의 침입을 물리친 바 있다.

良藥苦口 忠言逆耳 (양약고구 충언역이)

좋은 약은 입에 쓰고, 좋은 말은 귀에 거슬린다.

초한 전쟁 초기 진나라의 수도 함양에 항우보다 먼저 입성한 유방이 화려한 궁궐과 미녀들에 기분이 들떠서 잠시 방탕한 행동을 하자 책사인 장량이 유방에게 흐트러진 행동을 자제할 것을 당부하며 했던 말이다.

**逆鱗之禍(역린지화)**

용은 온순한 동물이지만 목덜미에 거꾸로 난 비늘, 즉 역린을 건드리는 사람은 용의 노여움을 사 죽임을 당한다는 역린지화라는 말이 있다.

춘추전국시대에 여러 나라를 돌며 자신의 지략과 의견을 군주에게 전하던 사람들을 유세객(遊說客)이라 불렀는데, 한비자는 그런 유세객들의 어려움을 역린지화로 비유했다.

군주에게는 절대 건드려서는 안 되는 역린이 있으므로 유세하는 사람은 조심해야 하며, 자칫 그 역린을 건드리게 되면 목숨이 위태롭게 된다는 것이다.

사람들은 누구나 감추고 싶은 약점, 콤플렉스가 있게 마련이고 대화나 협상에서 상대방의 그런 약점을 건드리게 되면 일을 그르치게 되므로 늘 신경을 써야 한다는 교훈을 준다.

### 泣斬馬謖(읍참마속)과 言過其實(언과기실)

소설 삼국지에서 제갈량은 일차 북벌 당시 가정 전투에서 자신의 명령을 어기고 위나라에 크게 패한 측근 장수 마속을 눈물을 머금고 참수했다.

마속을 처형한 후 제갈량은 유비가 죽기 전에 "마속은 언과기실, 말이 실제보다 앞서는 사람이니 중용하지 말라."라고 했던 유언을 떠올리고는 마속에게 중책을 맡긴 자신의 실수를 후회하기도 했다.

多言數窮 不如守中 (다언삭궁 불여수중)

말이 많으면 궁지에 몰리게 되니 속으로 간직하는 것만 못하다.

말을 많이 하게 되면 아무래도 실수를 하게 될 가능성도 많아지고, 좋은 뜻이라 하더라도 상대방에게는 잔소리나 간섭으로 들리며, 뒷날 자신을 구속하는 올가미가 될 수도 있으니 조심하라는 의미의 문장이다.

防民之口 甚於防川 (방민지구 심어방천)

백성의 입을 막는 것은 냇물을 막는 것보다 더 어렵다.

언로(言路)가 막히면 유언비어가 퍼지고 조직과 사회는 불안해진다. 냇물이 잘 흐르도록 물길을 터 주어야 하는 것처럼 조직 구성원들이나 백성들이 자유롭게 말할 수 있도록 언로가 항상 열려 있어야 한다.

傷人之語 還是自傷 (상인지어 환시자상)
含血噴人 先汚其口 (함혈분인 선오기구)

남에게 상처를 주는 말이 도리어 자신을 해치게 되고,
입에 피를 머금어 남에게 뿜으면 자기 입이 먼저 더러워진다.

우리가 흔히 강태공으로 알고 있는 주나라 때의 전략가이자 정치가인 태공망 여상의 말이다. 살아가면서 침묵이 금이 되는 때도 있고, 한마디 말로 천 냥 빚을 갚을 수도 있다. 때와 장소에 따라 적절한 말을 선택할 줄 알고 침묵할 줄도 아는 지혜가 필요할 것이다.

# 이팝나무 꽃이 필 때면

아파트 단지 뒤편 이면도로의 이팝나무가 어느새 가지마다 하얀 꽃을 수북이 뒤집어썼다. 마치 뜸이 잘 든 흰 쌀밥을 흩뿌려 놓은 듯하다.

농업이 산업의 전부였던 그 옛날, 이팝나무 꽃이 피는 입하 절기의 이즈음은 아직 보리 수확은 멀고 지난가을에 거둬들인 양식은 거의 떨어진, 힘든 보릿고개였다.

모든 것이 부족하던 절대빈곤의 긴 세월 동안 이 땅의 배고픈 민초들은 이팝나무 꽃을 바라보며 쌀밥 한 번 배불리 먹어 보았으면 하는 생각이 간절했을 것이다.

王者以民爲天 民以食爲天 (왕자이민위천 민이식위천)

임금의 하늘은 백성이고, 백성의 하늘은 밥이다.

無恒產者 因無恒心 (무항산자 인무항심)

백성들이 삶의 기초가 되는 생업이 없으면

도덕적으로 흔들리지 않는 마음을 잃게 된다.

맹자가 한 말이다. 가난은 나라도 구제할 수 없다는 말이 있듯 옛 사람들에게 주린 배를 채우는 일은 절체절명의 과제였고, 위정자들 또한 백성을 배불리 먹이는 일이 통치의 요체였다. 오늘날에도 경제가 침체되면 최고 통치자의 지지율은 크게 떨어지고 심한 경우 정권이 바뀌기까지 한다.

倉凜實而知禮節 (창름실이지예절)

衣食足而知榮辱 (의식족이지영욕)

창고에 재물이 차야 예절을 알고,

먹고 입는 것이 족해야 명예와 치욕을 안다.

중국 춘추시대 제나라의 관중이 한 말이다. 관포지교의 주인공인 관중은 친구인 포숙의 양보와 추천으로 재상이 되어 나라를 부강하게 만들고 주군인 제환공이 춘추오패의 첫 패주가 되는데 크게 기여한 인물이다.

苛政猛於虎 (가정맹어호)

가혹한 정치는 호랑이보다 무섭다.

공자가 제자들과 함께 태산 부근을 지나갈 때 어떤 아녀자가 세 개의 무덤 앞에서 애절하게 곡을 하고 있었다. 제자를 시켜 연유를 물으니 여인은 "예전에 시아버지께서 호랑이에게 물려 죽었고, 또 남편과 아들까지 호랑이에게 희생 당했다."라고 말했다.

이에 공자가 "그러면 어찌해서 다른 곳으로 옮겨가지 않는가?" 물으니, 여인은 "마을로 내려가면 탐관오리들이 혹독하게 세금을 징수하고 재물을 빼앗아가니 차라리 이곳이 편하다."라고 대답했다. 공자는 탄식하며 제자들에게 말하기를 "잘 기억해 두어라. 가혹한 정치는 호랑이보다도 무서운 것이다."라고 했다.

먹고 사는 문제는 전 인류의 역사를 관통하는 핵심 키워드였다. 수많은 전쟁과 문명의 충돌 등 굵직한 역사적 사건의 이면에는 항상 먹고 사는 생존의 문제가 있었다.

굶주림과 분노는 종이 한 장의 차이다. 백성들은 배고픔을 참고 견디다가 더 이상 버티지 못할 지경에 이르면 모든 것을 포기한 채 목숨을 건 민란을 일으키기도 했는데, 조선 후기 삼정의 문란으로 빈발했던 삼남 지방의 민란이 그 예라고 할 수 있다.

고려말 위화도 회군 이후 이성계를 중심으로 한 신흥 사대부 개혁세력들은 민심을 얻기 위해 토지제도와 세제 등 경제개혁을 단행했다. 덕분에 형편이 조금은 나아져 모처럼 쌀밥을 먹을 수 있게 된 백성들은 그 쌀밥을 이성계가 내려준 밥, 즉 '이밥(이팝)'이라 부르며 고마워했고, 이밥(이팝)이 잔뜩 매달린 것처럼 보이는 이팝나무의 이름도 그즈음에 생겨났을 것으로 짐작된다.

이팝나무에 관해 전해오는 속설은 여러 가지가 있지만 한결같이 배고픔과 관련된 내용들이어서 우리의 마음을 아프게 한다.

이제는 모든 것이 차고 넘치는 풍요의 세상이다. 그럼에도 불구하고 돈 또는 경제와 관련된 범죄가 여전히 많은 것은 사람들의 생리적 허기인 배고픔 때문이라기보다 정신적, 심리적 허기인 물질에 대한 인간의 끝없는 탐욕 때문일 것이다.

사람들은 더 이상 이팝나무 꽃을 바라보며 머리 속에 배고픔과 쌀밥을 떠올리지 않는다. 그렇지만 지구 저편에는 아직도 밥을 굶은 사람들이 많다는 사실에 이팝나무 꽃을 바라보는 마음이 가볍지만은 않다. 거리에서 젊은 학생들이 아프리카의 굶주린 어린이를 돕자는 홍보활동에 열심이지만, 오가는 시민들은 별로 관심을 두지 않는다.

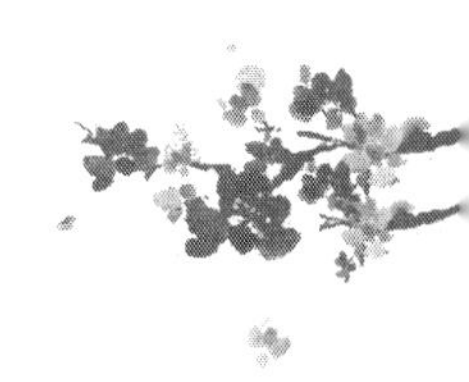

# 쓸데없는 걱정, 쓸모있는 걱정

세상을 살면서 걱정 없이 사는 사람은 없을 것이다.

걱정의 내용과 강도는 조금씩 다르겠지만 누구나 걱정을 안고 살아가기 마련이다.

언뜻 보기에 근심·걱정 없고 행복하기만 할 것 같은 집도 대문을 열고 안을 들여다보면 그동안 자신이 생각했던 것과는 다른 경우가 많다.

사찰에 딸린 화장실을 근심을 푸는 곳이라는 의미의 해우소(解憂所)라 일컫고, 산과 들에서 아름다운 꽃을 피우는 원추리는 나물로 무쳐 먹으면 근심을 잊게 해주는 풀이라 하여 망우초(忘憂草)로 불린다.

사람들이 얼마나 많은 근심과 걱정 속에 일상을 살아가고 있으며, 또 근심 걱정으로부터 얼마나 벗어나고 싶어 하는지 짐작하게 하는 생활의 한 단면이라고 할 수 있겠다.

人生不滿百 常懷千歲憂 (인생불만백 상회천세우)

백 년도 못 사는 인생이 천 년의 근심을 품고 산다.

천진난만한 어린 시절에는 잘 웃던 사람들이 성장하면서 웃음을 잃어가는 것은 현재와 미래에 대한 불안과 염려 때문이라고 할 수 있다. 사람들은 필요 없는 일까지 너무 걱정을 하는가 하면 당장 눈앞에 닥쳐오는 걱정도 모른 채 살아가기도 한다.

한 연구에 따르면 사람들이 하는 걱정 가운데 96%는 절대로 발생하지 않을 일이거나, 이미 일어난 일 또는 걱정을 하더라도 그 결과를 바꿀 수 없는 일에 대한 것처럼 불필요하고 무의미한 것이라고 한다.

사람들은 그런 쓸데없는 걱정 때문에 기쁨도, 웃음도, 마음의 평화도 잃어버린 채 살아가고 있다는 것이다. 기인우천(杞人憂天), 하늘이 무너질까 걱정을 했다는 기나라 사람들을 비웃을 일도 아닌 듯하다.

君子憂道不憂貧 (군자우도 불우빈)

군자는 도를 걱정하지, 빈곤함을 걱정하지 않는다.

유교 도덕에서 꿈꾸는 가장 이상적인 사람은 군자이다. 군자는 물질적 어려움 때문에 도를 잃지 않는다. 공자는 군자의 의무를 강조하면서 학문과 덕을 닦지 못하거나, 옳은 일을 실천하지 못하거나, 옳지 못한 일을 고치지 못하는 것에 대한 근심을 우환의식(憂患意識)이라고 했다.

生於憂患 死於安樂 (생어우환 사어안락)

어렵고 근심스러운 것이 나를 살게 하고, 편하고 즐거운 것은 나를 죽게 한다.

맹자의 말이다. 공자의 우환의식을 맹자는 종신지우(終身之憂)라고 표현했다.

종신지우는 백성들을 위해 헌신하는 지도자로서 평생토록 잊지 말고 가슴에 간직해야 할 근심을 뜻한다.

맹자는 종신지우와 대비되는 걱정거리를 일조지환(一朝之患)이라 했는데, 이는 아침나절 정도의 짧은 시간 동안 생겼다가 사라지는 근심이다. 돈과 명예, 권력 같은 내 안위와 출세에 관한 걱정은 잠시 왔다 사라지는 일조지환의 근심으로, 지도자가 평생 가지고 갈 우환은 못 된다는 것이다.

그러나 안타깝게도 사람들은 맹자의 말과는 정반대로 자신의 부와 명예와 출세에 관련된 일은 평생 걱정하며 살아가지만, 인간다운 삶이나 사회의 정의에 대해서는 큰 이슈가 있을 때나 반짝 관심을 가져 보는 정도에 그치는 것이 현실이다.

공자의 우환의식이나 맹자의 종신지우는 동양 사회에서의 노블리스 오블리제, 즉 지도층에 있는 사람들이 당연히 가져야 하는 도덕적 의무이며 희생의 덕목이라고 할 수 있다. 이순신 장군이나 김구 선생, 안중근 의사 같은 분들은 가슴에 종신지우를 품고 살면서 노블리스 오블리제를 실천한 대표적 인물들이다.

> 人無遠慮 必有近憂 (인무원려 필유근우)
>
> 먼 장래를 고려함이 없이 그저 눈앞에 보이는 일에만 정신이 팔려 있으면 가까운 장래에 뜻하지 않은 걱정을 만나게 된다,

논어에 나오는 문장이다. 회사든, 사회든, 국가든 변화와 개혁과 발전을 위해서는 늘 멀리 보고 미리 염려하면서 위험을 방지하려는 마음가짐, 즉 우환의식을 가져야 한다.

일조지환은 내려놓고, 종신지우는 죽는 날까지 가슴에 담고 살아가는 건전한 사회인으로서의 양식이 필요할 것이다.

# 역사에서 배운다

역사는 우리의 삶에 필요한 소중한 자산이자 지혜의 보고(寶庫)이다. 서양에서는 '역사(Historiae, 페르시아 전쟁사)'를 쓴 BC 5세기 그리스의 헤로도토스를 역사학의 아버지라 부르고, 동양에서는 BC 1세기 한나라 때 중국 최고의 역사서 사기를 쓴 사마천을 사성(史聖), 즉 역사학의 성인으로 부른다.

述往事 知來者 (술왕사 지래자)

지난 일을 기록해서 다가올 일을 안다.

前事之不忘 後事之師也 (전사지불망 후사지사야)

지난 일을 잊지 않는 것이 나중 일의 스승이 될 수 있다.

사마천이 사기에 남긴 명언으로, 그릇된 전철을 밟지 않으려면 지난 일을 잊어서는 안 된다는 의미이다. 역사는 비슷한 패턴으로 반복되기에 과거의 역사를 살피는 것은 미래를 예측하는 힘을 기르게 한다. 영국의 역사학자 E. H. 카는 "역사는 과거와 현재의 끊임없는 대화이며, 나아가 미래와의 대화이다."라고 표현했다.

分久必合 合久必分 (분구필합 합구필분),

천하가 분열된 지 오래면 반드시 통일되고, 통일된 지 오래면 반드시 분열된다.

소설 삼국지 도입부에 나오는 이 글귀는 중국인들의 순환론적 역사관을 보여준다.

역사의 거울에는 과거, 현재, 미래라고 하는 세 개의 모습이 비친다.

우리가 역사라는 거울로 과거를 반추하는 것은 단순히 과거의 사실을 알기 위한 것만이 아니라 과거를 반추함으로써 현재를 인식하고 이를 근거로 미래를 준비하기 위함이다.

역사는 존재하는 것이 아니라 해석하는 것이며, 역사를 어떻게 보느냐 하는 역사관에 따라 동일한 사건도 다르게 보인다. 역사는 승자의 입장에서 필요에 따라 과장되고, 미화되며, 왜곡되는 경우가 비일비재하다. 우리가 역사를 보는 관점에 눈을 떠야 하는 이유이다.

史筆昭世 (사필소세)

역사가의 붓끝이 세상을 밝힌다.

사마천의 사당에 걸려있는 현판 글귀로, 위정자들은 역사의 심판을 두려워해야 하고, 바른 정치를 해야 한다는 교훈을 담고 있다.

우리는 역사를 삶의 한 부분으로 인식하고 아껴야 하며, 정확하게 서술하고 기록해야 한다. 단재 신채호는 '독사신론(讀史新論)'에서 "역사를 잊은 민족에게는 미래가 없다."라고 했다. 서애 유성룡이 임진왜란을 겪고 난 뒤 징비록(懲毖錄)을 저술한 것도 후대에 역사적 교훈을 전하기 위해서였다.

"사랑하면 알게 되고, 알면 보이나니 그때 보이는 것은 전과 같지 않으리라."

조선 후기 문장가인 유한준이 김광국의 화첩 석농화원(石農畵苑) 발문에 쓴 글귀로, 몇 년 전 유홍준이 쓴 '나의 문화유산 답사기'에 인용되면서 널리 알려진 문장이다.

역사를 사랑하고 제대로 알아야 할 필요성을 제시하고 있다.

역사를 모르는 민족은 역사에 휩쓸려 간다. 역사를 기억해서 역사 속에서 무언가를 깨닫고 배우지 못한다면 불행한 역사는 반복될 수밖에 없다.

역사에 빚지지 않은 현재는 없고, 역사의 법정에는 공소시효가 없다는 말이 있다.

역사를 바로 세우고, 역사를 바로 아는 일은 국민이라면 누구나 가져야 할 보편적 가치이자 의무이다. 우리 역사는 해방 후 첫 단추를 잘못 끼운 후유증으로 오늘날까지도 발목이 잡혀 있는 실정이다. 오랜 세월에 걸쳐 왜곡되어 온 우리의 역사를 바로 세우는 일은 앞으로도 계속되어야 할 것이다.

"더 많은 노력이 있어야 한다. 그저 지켜보기만 해서는 문제가 저절로 해결되지 않는다. 역사는 할리우드 영화가 아니다."라고 한 어느 평론가의 지적을 곱씹어 볼 만하다.

# 나이를 먹는다는 것

최근 '한국 나이' 폐지와 '만 나이' 도입에 대한 국민적 관심이 높아지고 있다.

'한국 나이'는 말 그대로 한국에서만 통용되는 나이다. 태어나면서부터 한 살을 먹는 '한국 나이'는 어머니 뱃속에 있던 열 달도 생명으로 보는 동양적 세계관의 영향이다.

그렇지만 유교 문화권으로 분류되는 동아시아 국가 가운데서도 한국을 제외하고는 이미 사용되지 않는, 우리만의 독특한 나이 셈법이라고 한다. 국제화 시대에 걸맞게 '만 나이'로 일원화가 필요할 것 같다.

사람은 태어나서 나이를 먹어감에 따라 신체적으로나 사회적으로나 성장을 하게 된다. 그에 따라 나이별 특성을 고려한 나이 이칭(異稱)도 다양하게 생겨났고 관련된 의식도 마련되었다.

5월 셋째 주 월요일은 성년의 날이다. 성년이 되면 여러 가지 사회적 규제로부터 자유로워지지만, 동시에 성인으로서 책임과 의무가 생긴다.

옛날에는 남자아이가 15세를 넘기면 상투를 틀어 갓을 씌우는 관례(冠禮)를 행하고 그때부터 한 사람의 성인으로 대우했으며, 자(字)를 지어 친구들은 이름 대신 자를 부르기도 했다.

여자의 경우는 쪽을 찌고 비녀를 꽂아주는 계례(笄禮) 의식을 행하였다.

약관(弱冠)은 스무 살이 된 남자를 일컫는 말로, 아직 완전히 성숙하지는 않았지만 성인 구실을 할 수 있는 나이가 되었다는 의미이다.

꽃이 화사하게 피어나는 것과 같은 좋은 때라는 뜻의 방년(芳年)은 이십 세 전후의 한창 젊은 여자의 나이를 비유적으로 이르는 말이다.

나이 이칭 가운데는 가장 대표적인 것은 "열다섯에 학문에 뜻을 두었고(志學 지학), 서른 살에 세상에 섰으며(而立 이립), 마흔 살에는 미혹되지 않았고(不惑 불혹), 쉰 살에 하늘의 뜻을 알았으며(知天命 지천명), 예순 살에는 무슨 말에도 귀가 순했고(耳順 이순), 일흔 살에는 마음이 하고자 하는 바를 따랐지만 법도를 넘지 않았다(從心 종심)."라는 공자가 말한 나이의 이칭이라고 하겠다.

미국의 작가 스콧 피츠제럴드가 쓴 소설 '위대한 개츠비'에서는 서른 살을 "고독 속의 십 년을 약속하는 나이, 미혼인 친구가 점점 줄어드는 나이, 열정의 서류 가방이 점점 얄팍해지는 나이, 머리숱도 점점 적어지는 나이다."라고 재미있게 기술하고 있다.

마흔 살도 눈길을 끈다. 공자는 마흔 살 때는 '불혹(不惑)', 즉 가고자 하는 길이 확실히 정해져서 어떤 유혹에도 흔들리지 않았다고 했는데, 맹자 역시 마흔의 나이를 '부동심(不動心)'으로 표현하여 명분 없는 부귀와 출세, 패도와 타협하지 않는 흔들림 없는 마음이라고 했다. 맹자는 사람들이 작은 이익에는 부동심을 발휘하다가도 큰 권세와 부

(富) 앞에는 쉽게 무너지는 세태를 통탄하기도 했다.

어떤 사람은 마흔이란 나이가 젊다고 하기도 그렇고 늙었다고 하기도 그래서 젊은이와 노인의 특징을 동시에 보이는 '경계의 나이'로, 아저씨 또는 아줌마라는 호칭이 자연스러워지는 나이라고 표현하기도 했다.

少之時 血氣未定 戒之在色 (소지시 혈기미정 계지재색)
及其壯也 血氣方剛 戒之在鬪 (급기장야 혈기방강 계지재투)
及其老也 血氣旣衰 戒之在得 (급기노야 혈기기쇠 계지재득)
어릴 적에는 아직 혈기가 제대로 정해지지 않았으니 이성을 경계하고,
장년이 되어서는 혈기가 왕성하므로 남들과 다툼을 경계하고,
노인이 되면 혈기가 쇠했으니 탐욕을 경계해야 한다.

공자는 군자유삼계(君子有三戒)라고 하여 군자는 나이를 먹어감에 따라 이성, 다툼, 그리고 탐욕 등 세 가지를 경계해야 한다고 했다.

朝廷莫如爵 (조정 막여작)
鄕黨莫如齒 (향당 막여치)
輔世長民莫如德 (보세장민 막여덕)
조정에서는 작위만 한 것이 없고,
고을에서는 나이만 한 것이 없고,
세상을 돕고 백성을 교화하는 데는 덕만 한 것이 없다.

명심보감에 나오는 공자의 제자 증자의 말이다. 흔히 말이 막히고 논리가 궁해지면 나이 따지고 직급 내세우는 사람들이 있는데, 때와

장소를 구분해야 한다.

회사나 조직에서는 직급이 상하의 기준이며, 동네에서는 나이가 위아래를 나누는 기준이다. 그럼에도 현실에서는 이와 반대로 회사에서 나이 들먹이고, 동네에서 사장이다, 회장이다 하는 직급 내세우며 목청을 높이는 한심한 사람들도 있다.

나이를 먹는다는 것은 그에 걸맞은 행동과 책임이 요구되는 일이다.

우리 사회에는 어른이 없다는 비판도 있다. 어떻게 하면 개인적으로나 사회적으로나 어른은 어른답게, 아이는 아이답게 제대로 나이 값을 하며 살 수 있을지 모두가 고민해야 할 것이다.

'한국 나이'든 '만 나이'든 잊어버리고 자신의 일에 몰입해 즐겁게 살아갈 수 있다면 어느 회사의 오래된 광고 카피처럼 나이는 단지 숫자에 불과한 것일 수도 있다.

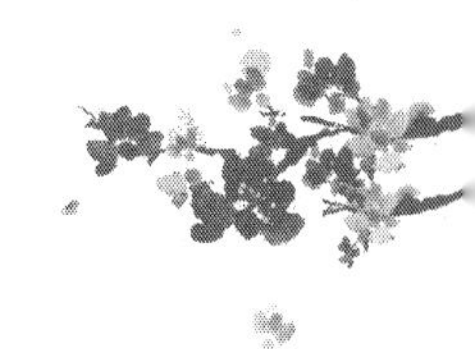

# 위기 대응, 흥망(興亡)을 가른다

개인이든 조직이든 위기에 직면하는 경우가 있다.

그 위기를 잘 극복하고 발전과 성장의 계기로 삼은 경우도 있지만, 위기에 무너져 버린 개인이나 조직도 적지 않다. 위기를 잘 극복하기 위해서는 조직원들이 위기를 피부로 느끼고 최상의 긴장감을 유지하도록 해야 한다. 더 이상 물러날 곳이 없을 것 같은 위기를 회생의 기회로 만들어나가는 것이 손자병법의 위기관리 이론이다.

사람들은 막다른 골목에 몰리게 되면 없던 힘도 생겨난다.

우리는 1997년 말, IMF 외환위기가 닥쳤을 때 전 국민이 동참한 금 모으기 행사 등을 통해 세계가 놀랄 정도로 단기간에 위기를 극복한 좋은 경험이 있다. 또한 임진왜란 당시 "상유십이 순신불사(尙有十二 舜臣不死), 아직 열두 척의 배가 남아 있고, 이순신은 죽지 않았다."라며 불굴의 투혼으로 세계 해전사에 남을 명량대첩을 이뤄낸 역사도 있다.

헤밍웨이의 작품 「노인과 바다」에서 주인공 산티아고 노인은 "인간은 패배하기 위해 태어나진 않았어. 인간은 파괴되어 죽을 수는 있지만, 패배할 수는 없는 거야."라며 바다에서 자신이 잡은 청새치의 피 냄새를 맡고 몰려온 상어들과 극한의 사투를 벌였고 결국 상어 떼를 물리치고 집으로 돌아올 수 있었다.

**破釜沈舟(파부침주)**

초한전쟁 초기 항우는 진나라 군대를 치기 위해 출병했을 때 황하를 건너자마자 타고 왔던 배를 부수어 침몰시키고, 취사용 솥도 깨뜨려 버리도록 했다.

퇴각할 수 있다는 한 가닥 희망을 잘라내 버림으로써 필사적인 각오로 싸우게 한 것이다.

이제 돌아갈 배도 없고 밥을 지어 먹을 솥마저 없었으므로, 항우의 초나라 병사들은 결사적으로 싸우는 수밖에 달리 방법이 없었다. 과연 병사들은 공격하라는 명령이 떨어지기가 무섭게 적진을 향해 돌진해 진나라의 주력부대를 궤멸시키고 장평대전, 적벽대전과 함께 고대 중국의 3대 대전으로 일컬어지는 거록대전을 승리로 장식했다.

이 일화에서 유래된 파부침주는 살아서 돌아가기를 기약하지 않고 결사의 각오로 싸우겠다는 굳은 결의를 이르는 고사성어이다.

**背水陳(배수진)**

배수진이란 물러설 수 없도록 강을 등지고 적과 맞서는 전법으로, 목숨을 걸고 결연한 자세로 일을 추진하는 경우를 이르는 말이다.

초한 전쟁에서 한나라 대장군 한신이 1만여 명의 군사로 강을 등지고 진을 치게 하여 조나라 20만 대군을 물리친 일화에서 비롯되었다.

그러나 배수진이 무조건 승리를 가져오는 것은 아니다. 임진왜란 초기 신립 장군은 충주 탄금대에서 배수진을 쳤지만, 조총으로 무장한 중과부적의 왜군에게 무참히 무너져 전멸하고 말았다.

逢山開道 遇水架橋 (봉산개도 우수가교)

산이 막으면 길을 뚫고, 물을 만나면 다리를 놓는다.

소설 삼국지 적벽대전에서 촉오 동맹군에게 패한 조조가 철군을 하던 중 부하들이 길이 좁은 데다 새벽에 비가 내린 탓에 진흙 구덩이에 말굽이 빠져 행군이 불가능하다고 하자 호통을 치며 한 말이다. 어려운 상황에 굴복하지 말고 어떻게든 힘을 합쳐 극복하자는 취지이다.

**常山率然(상산솔연)**

중국 상산에 산다는 전설상의 뱀 솔연은 머리를 때리면 꼬리가 구해주고, 꼬리를 때리면 머리가 구해주고, 몸통을 때리면 머리와 꼬리가 구해준다고 한다. 그래서 상산의 솔연은 죽지 않고 오래 살 수 있다는 것이다.

조직의 상하 구성원들이 같은 목표 아래 하나가 되어 서로를 지켜준다면 어떤 위기에서도 무너지지 않는 막강한 조직이 될 수 있다는 교훈을 주는 이야기이다.

**欲速不達(욕속부달)**

서두르면 도리어 목표에 도달하지 못할 수 있다.

급할수록 천천히 하고, 어려운 위기일수록 정신적인 여유가 필요하다.

정치에 갓 입문한 제자 자하가 공자에게 어떻게 하면 정치를 잘 할 수 있는지 물었다. 이에 공자는 "서두르지 말고 작은 이익을 탐내지 말라. 빨리하려고 하면 일을 이루지 못한다."라고 조언을 해주었다.

위기는 언제든, 누구에게든 찾아올 수 있다. 교토삼굴(狡兎三窟). 꾀 많은 토끼가 세 개의 굴을 파 놓는 것처럼, 언제 닥칠지 모르는 위기에 대비해 다양한 시나리오를 미리 준비해 놓는 지혜가 필요할 것이다.

# 거짓말을 하지 않겠다는 다짐

거짓말은 심한 경우 한 사람의 목숨을 앗아가기도 하고, 사회의 신뢰를 무너뜨리기도 하며, 나라의 운명을 바꾸기도 한다.

최근 들어 가짜 뉴스가 인터넷과 각종 SNS를 통해 판을 치고 있어 그 폐해가 적지 않다. 죄의식조차 없이 교묘하게 행해지는 다양한 가짜 뉴스의 생산과 유포에 보다 강력한 규제와 처벌이 필요할 것이다.

三人成虎(삼인성호)는 한비자에 나오는 이야기로, 호랑이가 없어도 여러 사람이 호랑이가 나타났다고 하면 진실이 된다는 고사성어이다.

전국시대 조나라에 인질로 가게 된 위나라 방총은 떠나기에 앞서 자신이 없는 동안 간신들의 모함을 걱정해 위 혜왕과 대화를 나눴다.

"지금 어떤 사람이 저잣거리에 호랑이가 나타났다고 아뢰면 왕께서는 믿으시겠습니까?"

"그 말을 어찌 믿겠는가."

"또 한 사람이 와서 호랑이가 나타났다고 말한다면 이번에는 믿겠습니까?"

"그게 사실인가 하고 반신반의하겠지."

"세 번째 사람이 와서 다시 호랑이가 나타났다고 아뢴다면 믿겠습니까?”

“세 사람이나 와서 호랑이를 보았다는데 믿지 않을 사람이 어디 있겠는가?”

“저잣거리에는 호랑이가 없음에도 세 사람이 말하니 호랑이가 만들어집니다. 호랑이보다 더 무서운 간신들의 모함이 있을 수 있으니 부디 왕께서 잘 헤아려 주시기 바랍니다.”

“염려하지 말라. 내가 직접 눈으로 본 것이 아니면 믿지 않을 것이다.”

그러나 방총이 떠나자 간신들의 참언이 연이어 올라왔고, 위 혜왕의 의심을 받은 방총은 결국 위나라로 다시 돌아오지 못했다.

**曾參殺人(증삼살인)**

‘대학’의 저자로 알려져 있는 증자의 본명은 증삼이며, 공자의 수제자로 효성이 지극한 사람이었다.

어느 날 그와 이름이 같은 증삼이라는 자가 살인을 했다. 증자를 아는 사람이 이를 착각해 증자 어머니에게 달려가 “아들이 사람을 죽였다.”라고 알렸다.

두 번째 사람이 이야기할 때까지 어머니는 들은 척도 하지 않고 베 짜던 일을 계속했지만, 또 한 사람이 와서 이야기를 하자 어머니는 베틀에서 내려와 달아났다고 한다. 자식인 증자가 살인을 할 사람이 아니라는 것을 누구보다 잘 아는 어머니였지만, 세 번째 사람이 전하는 말에는 흔들리지 않을 수 없었던 것이다.

'주 유왕과 포사의 봉홧불 놀이'는 고대 중국 주나라 유왕과 미녀 애첩 포사의 이야기로, 중국판 늑대와 양치기 소년 이야기라고 할 수 있다.

유왕은 잘 웃지 않는 포사를 어떻게 하면 웃게 할 수 있을까 늘 고민이었다.

그러던 어느 날 실수로 봉화대에 봉화가 올랐다. 나라 안의 제후들이 군사를 이끌고 왕궁으로 모였지만 아무 일도 없었다. 사람과 말이 뒤엉키는 등 아수라장이 벌어졌고, 이 광경을 본 포사가 재미있다는 듯 크게 웃었다.

이에 유왕은 매일 봉화를 올리게 했다. 얼마 동안은 군사들이 부리나케 달려왔고 유왕과 포사는 그 광경을 보며 웃고 즐거워했다.

그러나 그 같은 일이 계속되자 봉화가 올라도 움직이는 군사들이 없게 되었고, 실제로 BC 771년에 견융족이 쳐들어오는 비상사태가 발생해 봉화가 올랐을 때는 단 한 명의 군사도 모이지 않았다. 결국 유왕은 외적의 칼에 죽고, 주나라는 도읍을 호경에서 동쪽의 낙양으로 옮겨야 했으며, 이때부터 파란만장한 춘추시대가 시작되어 고대 중국 역사의 커다란 전환기를 맞게 되었다.

**望梅解渴(망매해갈)**

삼국시대 조조가 군대를 이끌고 행군을 하는데 더운 날씨에 병사들이 지치고 심한 갈증에 시달렸다. 이때 조조가 소리쳤다.

"저 너머에 커다란 매실나무 숲이 있다. 새콤한 매실이 잔뜩 열려 있을 테니 조금만 더 힘을 내자!"

장병들은 이 소리를 듣고 매실을 생각하자 입안에 절로 침이 고여 다시 기운을 내서 행군을 할 수 있었다.

매실을 상상하도록 해 갈증을 풀었다는 망매해갈의 일화는 조조의 뛰어난 재치와 임기응변술을 보여주지만, 사람을 속인 예로 지적되기도 한다.

어떤 조직의 리더든 구성원들로 하여금 목표를 향해 나아가게 하려면 동기를 부여할 줄 아는 지혜가 필요하다. 그렇지만 사실에 근거하지 않은 거짓 동기부여는 임시방편으로는 통할지 몰라도 계속해서 사용하면 부작용만 생긴다는 점에 유의해야 할 것이다.

효종 때 제주도에 표류해 13년간의 억류 생활 끝에 일본을 거쳐 네덜란드로 돌아간 동인도회사 직원 하멜은 조선의 사회와 풍속을 서방에 최초로 소개한 '하멜 표류기'를 저술했다.

하멜 표류기에는 조선인들이 물건을 훔치고, 거짓말을 잘하며 남을 속이는 경향이 강하다는 내용이 있어 우리를 부끄럽게 한다. 하멜 표류기의 내용이 잘못된 것임을 해명하고, 또 최근 사회적으로 증가하고 있는 각종 거짓말과 가짜 뉴스를 근절하기 위해 우리 국민들은 거짓말을 하지 않겠다는 다짐이라도 해야 할 것 같다.

# 논공행상(論功行賞)의 중요성

전쟁이 끝나거나 새로운 왕조 또는 정권이 들어선 다음에는 필연적으로 논공행상이 뒤따른다.

예나 지금이나 사람은 누구나 자신이 이룬 성과와 수행한 역할에 대해 조직 또는 윗사람으로부터 좋은 평가를 받고 그에 합당한 보상을 받고 싶어 한다. 따라서 논공행상을 공정하게 잘하면 조직은 새로운 동력을 얻어 제2의 도약을 이룰 수 있지만, 잘못하면 조직 내에 불만이 쌓이게 되고 분열과 반목을 일으킨다.

창업보다 수성이 더 어렵다는 말이 나오는 이유 가운데 하나라고도 할 수 있다.

중국 춘추시대 진(晉) 문공(중이)은 19년에 걸친 외국 유랑생활 끝에 62세의 나이에 왕위에 올랐으며, 제환공의 뒤를 이어 두 번째 춘추오패 패주가 된 인물이다.

문공은 자신과 함께 고생을 한 신하들에게 인덕, 지혜, 공로 등의 기준을 적용한 논공행상을 실시해 모범사례로 꼽히고 있다. 그럼에도 유랑생활 기간 중에 굶주린 문공을 위해 자신의 허벅지 살을 베어 바쳐 할고봉군(割股奉君)의 일화를 남긴 개자추를 공신 명단에서 빠뜨리는 실수를 했다.

백성들 사이에 이를 비난하는 노래가 유행하자 개자추는 왕에게 부담을 주지 않으려 늙은 어머니와 함께 면산으로 숨어 들어갔다.

문공은 자신의 실수를 인정하고 개자추를 찾았으나 모습이 보이지 않자 면산에 불을 질러 그가 나오도록 했지만 개자추는 끝내 나오지 않고 불에 타 죽었다. 문공은 불을 낸 것을 후회하고 개자추가 죽은 날에는 불을 피우지 말라는 명을 내리니 오늘날까지 전해오는 한식의 유래이다.

왕이나 대통령 같은 최고권력자를 만든 사람들 소위 킹 메이커의 보상 기대 심리는 종종 비리와 반목으로 이어져 자신은 물론 주군까지도 위태롭게 하는 경우가 있는데, 개자추의 죽음은 그들에게 주는 교훈이라 할 수 있을 것이다.

개자추의 일화는 광해군을 몰아낸 인조반정이 성공한 얼마 후 반정공신 중 한 명이었던 이괄이 논공행상에 불만을 품고 반란을 일으켜 왕조를 위기로 몰아갔던 것과 극명한 대조를 이룬다.

통일 제국 진나라를 멸망시키고 스스로 서초패왕이 된 항우는 자신을 도왔던 장수들을 각 지역의 제후로 봉하는 논공행상을 했지만, 원칙이 없고 자의적이어서 불만을 품지 않은 자가 없었다.

특히 서쪽 오지인 파촉의 한왕으로 봉해져 '좌천(左遷)' 소리를 들었던 유방의 불만이 컸는데, 유방이 다른 제후들과 함께 항우 타도에 나서게 되자 초한 전쟁이 본격적으로 시작되었다.

그 후 한 고조 유방은 해하전투에서 항우를 물리치고 천하를 통일한 뒤 논공행상을 하면서 군수품 조달과 행정을 맡았던 소하의 공을 가장 높게 평가했다.

그러자 장수들이 나서 "우리는 갑옷 입고 전쟁터에 나가 수없이 싸웠다. 하지만 소하는 한 번도 전쟁터에 직접 나가 싸운 적이 없는데, 어찌 그에게 높은 벼슬을 내리는가?" 하며 불만을 토로했다.

이에 유방은 토끼 사냥의 예를 들어 장수들을 질타했다.

"사냥을 할 때 토끼를 쫓아가서 잡는 것은 사냥개이지만, 그 개를 부리는 것은 사냥꾼이다. 그대들의 공은 짐승을 잡는 사냥개와 같으나, 소하는 사냥개를 부리는 사냥꾼과 같다."

유방의 이 말을 들은 장수들은 더 이상 불평하지 못하고 물러났다고 한다.

이 일화에서 사냥개의 줄을 풀어 짐승이 있는 곳을 가리켜 잡게 한다는 의미의 발종지시(發縱指示) 고사성어가 유래되기도 했다.

임진왜란이 끝난 뒤 선조가 단행한 공신책록은 공감하기 힘든 논공행상의 대표적인 예라고 할 수 있다.

7년에 걸친 전쟁에서 적과 싸워 공을 세운 선무공신은 불과 18명인데 비해 전쟁이 나자마자 의주로 몽진한 선조를 수행한 호성공신은 무려 86명이나 되었다. 게다가 원균은 칠천량 해전에서 패했음에도 전사했다는 이유로 이순신과 동일한 일등공신으로 책록된 반면, 수많은 전투에서 승리한 곽재우, 고경명, 김천일 등 의병장들은 아예 공신에 포함되지도 못했다.

더욱 실망스러운 것은 의병장을 포함한 조선 장수들의 군공을 과소평가하고 호성공신을 크게 늘린 것에 대한 선조의 해명이다.

"왜적을 평정한 것은 오로지 명나라 군대의 덕분이다. 조선의 장수들은 그저 명군의 뒤를 따라다니거나, 요행히 왜군 패잔병의 머리만 얻었을 뿐이다."

"명나라가 지원군을 보낸 이유는 과인을 호종한 신하들 덕분이다. 이들이 위험을 무릅쓰고 나를 따라 의주까지 가서 중국에 호소한 덕분에 왜적을 토벌하고 강토를 회복하게 된 것이다."

논공행상을 완벽하게 하는 일은 쉽지 않다. 무엇보다 개자추처럼 힘은 보태되 자리를 탐하지 않는 양식 있는 사람들이 많으면 좋겠지만, 역사에나 나오는 그런 인물을 현실에서 기대하기는 어렵다. 논공행상에 있어서 누구나 수긍할 수 있는 명확한 기준과 원칙, 그리고 능력을 고려한 탕평의 인재 등용이 필요한 이유이다.

# 사람의 마음을 안다는 것

열 길 물속은 알아도 한 길 사람 속은 모른다는 속담이 있다.

66세의 영조 임금은 왕비인 정성왕후가 세상을 떠나자 새 왕비를 맞아들이기로 했다.

왕비 간택 절차의 하나로 궁중 어른들 앞에서 일종의 면접시험이 진행되었는데, 후보에 오른 규수들에게 "세상에서 가장 깊은 것이 무엇이냐?"는 질문이 주어졌다.

다른 규수들은 "산이 깊다.", "물이 깊다."라고 대답을 했지만 훗날 정순왕후가 된 김 씨는 "인심(人心), 즉 사람의 마음이 가장 깊다."라고 말해 참석자들을 감탄하게 했다고 한다.

15세 정순왕후의 지혜로움이 엿보이는 대목이다.

畵虎畵皮難畵骨 知人知面不知心 (화호화피난화골 지인지면부지심)

호랑이를 그릴 때 겉모습은 그려도 그 속의 뼈는 그릴 수 없고, 사람을 알고 얼굴을 안다 해도 그 마음은 알 수가 없다.

海枯終見底 人死不知心 (해고종견저 인사부지심)

바닷물이 마르면 그 바닥을 볼 수 있지만, 사람은 죽어도 그 마음을 알 수가 없다.

相識滿天下 知心能凡人 (상식만천하 지심능범인)

비록 알고 지내는 사람이 이 세상에 가득 차 있다 해도 마음까지 알아주는 사람은 무릇 몇이나 될까.

사람의 마음을 안다는 것이 얼마나 어려운 일인가를 나타내는 문장들이다.

최근 들어 세대 간, 계층 간, 진영 간에 깊어진 불신의 골은 사람의 마음을 더욱 알기 어렵게 만들고 있다.

사람의 마음을 안다는 것이 이처럼 어려운 일이다 보니 거문고 소리를 듣고 친구의 마음을 헤아렸다는 백아와 종자기의 지음지교(知音之交) 일화가 더욱 감동적으로 느껴진다.

춘추시대 거문고의 명인 백아가 높은 산을 떠올리며 연주를 하면 종자기는 "기상이 드높아서 태산과 같다(高山 고산)."라고 평했고, 흐르는 강물을 떠올리며 연주하면 "흐름이 유장하여 장강과 같다(流水 유수)."라고 평했다.

백아는 자신의 연주 소리를 듣고 거기에 담긴 마음을 이해해 주는 종자기를 세상에서 단 하나뿐인 친구로 생각했다. 그러던 어느 날 종자기가 죽자 백아는 거문고의 줄을 끊어버리고는 두 번 다시 연주를 하지 않았다고 한다.

이런 일이 있은 후 지음(知音)은 나의 소리를 듣고 나의 마음까지 알아주는 친구라는 뜻을 갖게 되었고, 거문고의 훌륭한 연주는 고산유수(高山流水)라 하여 지음과 동일한 의미로 쓰이게 되었다.

다른 사람의 마음을 너무 잘 알아서 오히려 화를 당한 경우도 있다.

소설 삼국지에서 조조와 유비가 한중 땅을 놓고 공방전을 벌일 때의 일이다.

조조는 한중 지역이 포기하기는 아깝고 그렇다고 큰 실익도 없는 땅이라 어찌해야 할지 고민하며 저녁 식사로 나온 닭갈비를 먹고 있었다. 그때 마침 하후돈 장군이 들어와 군호(암호)를 무엇으로 할지 물으니 조조는 별생각 없이 "계륵(鷄肋, 닭갈비)."이라고 말했다.

이 소식을 전해 들은 조조의 참모 양수는 짐을 꾸리기 시작하면서 의아해하는 병사들에게 설명을 해주었다.

"계륵, 즉 닭의 갈비는 버리기는 아까우나 먹을 것도 없다. 승상께서는 한중 땅을 내주기는 아깝지만 별 이득도 없다고 생각해 곧 철수를 명하게 될 것이다."

양수의 말은 적중하여 이튿날 철수 명령이 내려졌다.

조조는 양수가 자신의 의중을 지나치게 잘 헤아리는 재능을 갖고 있어 그를 경계했고, 결국 군율을 어지럽혔다는 이유를 들어 참수했다.

양수는 윗사람의 마음을 읽을 줄은 알았으나 처신을 잘못하는 우를 범한 것이다.

상황에 따라 다른 사람, 특히 윗사람의 마음은 알면서도 모르는 척 해줘야 할 때가 있다.

對面共話 心隔千山 (대면공화 심격천산)

얼굴을 맞대고 서로 이야기를 나누고 있지만, 마음은 천 개의 산만큼이나 멀리 떨어져 있다.

식당이나 찻집에 가보면 같은 테이블에 앉아 있지만 서로 눈을 맞추고 다정하게 이야기를 나누기보다는 고개를 숙여 각자 자신의 휴대폰을 들여다보는데 열중하는 사람들이 적지 않다. 요즈음 사람들은 소통의 부재 속에 살아간다. 편리해진 인터넷과 SNS 덕분에 하루에도 적잖은 메일과 문자를 주고받으며, 소통을 한다고 하지만 마음이 담기지 않은 형식적인 메시지만 오가는 경우가 많다.

사람의 마음은 돈으로 살 수도, 권력으로 빼앗을 수도 없고 오직 진실된 마음으로만 얻을 수 있다. 내가 거짓되면 상대도 거짓되고, 내가 진실하면 상대방도 진실하게 된다.

내가 먼저 마음의 문을 열고 상대방과 마음의 거리를 좁혀 이심전심으로 소통하는 것만이 서로의 마음을 아는 유일한 길일 것이다.

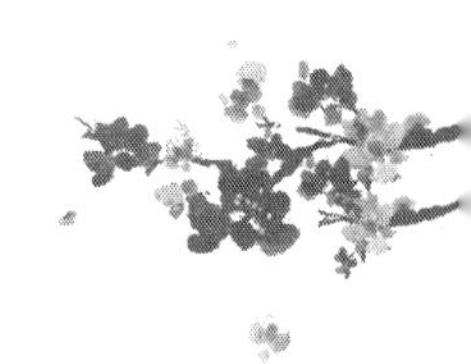

# 미녀(美女)와 역사(歷史)

최근 들어서는 양성평등 추세의 확산에 따라 함부로 여자의 외모를 화제 삼을 수 없게 되었으며, 미인에 대한 사회적 인식도 많이 달라졌다.

그럼에도 강남에는 많은 성형외과가 성업 중에 있고, 전직 여성 대통령까지도 미용을 위한 시술을 받았다는 뉴스가 나오는 걸 보면, 여성과 아름다움, 즉 미(美)는 뗄 수 없는 관계인 것 같다.

아름다운 여성, 즉 미녀는 신화에서부터 역사의 곳곳에 자리 잡고 있으며 영화나 소설, 그림 등 문화 예술 분야에서도 주연으로서의 위치를 점하는 비중이 높았다.

트로이전쟁은 스파르타 메넬라우스 왕의 부인인 헬레네가 트로이 왕자 파리스와 사랑에 빠져 도망을 가면서 촉발된 전쟁이다. 그런데 헬레네가 파리스와 사랑에 빠지는 단초가 된 것은 인간 영웅 펠레우스와 바다의 여신 테티스의 결혼식에 초대받지 못한 질투의 여신 에리스가 아프로디테, 헤라, 아테나 등 세 여신 앞에 황금사과를 던지면서 했던 "세상에서 가장 아름다운 여인에게!"라는 말 한마디였다.

아름다움 앞에서는 여신들조차 결코 양보할 뜻이 없었고, 결국에는 기나긴 트로이 전쟁을 촉발시키게 된 것이다.

나라를 기울게 할 만큼의 아름다움을 갖춘 여인을 경국지색(傾國之色)이라 하는데, 어떤 이는 이 용어가 정치를 잘못해 나라를 망친 남성들이 여성에게 책임을 전가하는 말일 뿐 실제 경국지색은 없었다고 주장하기도 한다.

중국 역사에는 하나라 걸왕과 말희, 상(은)나라 주왕과 달기, 주나라 유왕과 포사, 오왕 부차와 서시, 초패왕 항우와 우희, 흉노족 호안야 선우와 한나라의 왕소군, 삼국지의 여포와 초선, 그리고 당나라 현종과 양귀비 등 여러 미녀와 그녀를 좋아했던 왕 또는 영웅들의 이야기가 적잖이 전해온다.

이 여인들의 스토리를 살펴보면 당시의 정치, 경제, 사회, 문화 등 시대 상황을 짐작할 수 있어 흥미로움을 더 한다.

전해지는 이야기가 모두 사실은 아니겠지만, 결과적으로 역사에 큰 변화를 가져온 변곡점에 섰던 미녀로는 춘추시대의 문을 열게 만든 주나라의 포사와 전국시대 개막의 분수령이 된 오월춘추의 서시를 꼽을 수 있을 것 같다.

주나라 유왕은 잘 웃지 않는 미녀 애첩 포사를 즐겁게 해주기 위해 거짓 봉홧불 놀이에 빠졌고, 결국 그로 인해 BC 771년 견융족의 침입을 막지 못해 자신은 목숨을 잃고 주나라는 수도를 호경에서 낙양으로 옮겨야 했다.

역사에서는 호경 시절을 서주, 낙양 천도 이후 시대를 동주라 부르는데 이로써 주나라의 봉건 체제는 유명무실해지고 이후 이백 년 넘게 지속되는 춘추시대가 막을 올린 것이다.

춘추시대는 그 이전과는 여러 면에서 판이하게 다른 정치, 경제, 사회적 양상을 보인다. 가장 큰 특징은 개인은 물론 국가마저도 생존을 보장받지 못했다는 점과 수많은 작은 나라가 생겼다 사라지는 불확실성이다. 그럼에도 서서히 철기가 도입되어 농업 생산력과 군사력이 크게 강화되었으며, 유가와 도가, 그리고 병가, 법가 등 제자백가(諸子百家)가 출현해 고대 중국의 철학과 사상을 찬란하게 꽃피우게 된다.

와신상담(臥薪嘗膽), 오월동주(吳越同舟) 같은 고사성어의 유래가 되기도 했던 오나라와 월나라의 복수혈전은 춘추시대가 마무리되고 전국시대로 넘어가는 분수령이다.

이 시기에 등장하는 서시는 월왕 구천의 미인계로 인해 오왕 부차에게 가 오나라를 망하게 하는데 일조했던 여인으로, 아름다운 용모를 바탕으로 한 여러 고사성어가 생겨나기도 했다.

못생긴 여자가 아름다운 서시의 외모와 행동을 그대로 따라 해 웃음거리가 되었다는 서시봉심(西施捧心)이나 동시효빈(東施效矉)은 옳고 그름의 판단 없이 남의 흉내를 내는 것을 빗댄 말이고, 서시유소추(西施有所醜)는 미녀 서시도 발은 못생겼듯이 잘나고 똑똑한 사람도 과실이나 약점이 있다는 의미이다.

한나라 원제 때의 궁녀인 왕소군은 화공에게 뇌물을 주지 않아 초상화가 추한 모습으로 그려진 탓에 흉노족의 왕 호안야 선우에게 공물로 보내져 한 많은 일생을 살았던 여인이다. 왕소군의 슬픈 사연은 당나라 때의 시인 동방규의 시 「소군원(昭君怨)」에 "춘래불사춘(春來不似春), 봄이 와도 봄 같지 않구나."라는 말로 표현되고 있다.

한나라는 비록 진나라의 뒤를 이어 천하통일을 이루고 강력한 통치체제를 수립했지만, 북방 유목민족인 흉노족과의 관계는 쉽지 않은 문제여서 혼인 정책이나 조공으로 그들을 달랠 수밖에 없었던 당시의 정치적 군사적 상황을 짐작하게 한다.

수많은 영웅호걸이 등장했다가 사라져 간 역사 속에서 영웅의 숫자만큼이나 아름다운 여인도 많았을 것이다. 그들은 미모 때문에 권력투쟁의 희생물이 되기도 하고, 역사의 물줄기를 돌리며 한 나라의 운명을 바꿔 놓는 계기가 되기도 했다.

고대에서 현대로 역사가 진행되어 올수록 미녀가 나라를 기울게 했다는 부류의 이야기는 적어지는데, 역사의 발전에 따라 사람들의 의식 수준이 높아졌기 때문일 것이다.

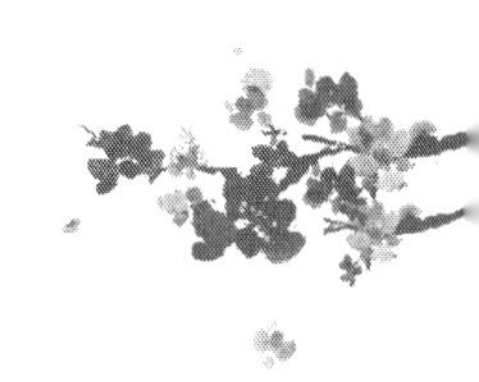

# 피할 수 없으면 즐겨라

사람은 누구나 운명처럼 받아들여 감내할 수밖에 없는 많은 일에 둘러싸인 채 새벽부터 밤늦게까지 숨 가쁘게 쫓기듯 지내는 것이 보통이다. 학창 시절의 공부가 그렇고, 성년이 되어서는 가정과 직장생활은 물론 일상생활의 소소한 부분들까지도 결코 피할 수 없기에 사람들은 크고 작은 스트레스를 받으며 힘들어한다.

마지못해 살고 의무감 때문에 억지로 일을 한다면 그것은 삶을 속박하는 무거운 짐이 될 것이다. 우리는 삶을 즐기고 일을 즐겨야 한다.

> 知之者不如好之者 (지지자 불여호지자)
> 好之者不如樂之者 (호지자 불여락지자)
> 어떤 일에 대해 아는 사람은 그것을 좋아하는 사람만 못하고,
> 좋아하는 사람은 그것을 즐기는 사람만 못하다.

논어에 나오는 공자의 말이다.

일을 할 때는 요령과 수단도 중요하지만 잡념 없이 일을 즐길 수 있어야 한다.

일을 생계 수단으로 여겨 의무감에 사로잡히면 행복을 느낄 수 없

다. 행복한 삶을 위해서는 일을 대하는 마음부터 바뀌어야 한다. 우리가 날마다 하는 일에서 스스로 즐거움을 얻는다면 그것이 진짜 참된 삶인 것이다.

"피할 수 없으면 즐겨라."라는 말은 미국의 의사 겸 작가인 로버트 엘리어트가 제시한 행복한 삶을 위한 인생 처방전이다. 이와 맥을 같이 하는 '카르페 디엠(Carpe diem)!'은 오래전에 상영된 영화 '죽은 시인의 사회'에서 존 키딩 선생이 학생들에게 외친 고대 로마의 시인 호라티우스의 시에 나온 구절로, 현재를 즐기라는 의미이다. 카르페 디엠은 영화가 개봉된 지 삼십 년이 다 되어가는 지금까지도 단조롭고 획일화된 사람들의 일상에 신선함을 주는 명대사로 기억되고 있다.

최근 들어 관심이 높아지고 있는 개인의 삶과 일의 균형을 의미하는 워라밸(Work & Life Balance)이나, 인생은 단 한번 뿐이기에 즐겁고 의미 있게 살아야 한다는 욜로(Yolo, You only Live Once) 역시 피할 수 없으면 즐기라는 명제와 같은 의미의 사회적 추세라고 하겠다.

發憤忘食 樂以忘憂 (발분망식 낙이망우)
不知老之將至云爾 (부지노지장지운이)
하고자 하는 마음이 생기면 밥을 먹는 것도 잊고 그 즐거움으로 인해 근심조차 잊으며,
나이가 들어 늙어 가는 것도 알지 못한다.

춘추시대 초나라 대부 섭공이 공자의 제자인 자로에게 공자는 어떤 사람이냐고 물었는데 자로가 머뭇거리며 제대로 대답을 하지 못했다. 그 이야기를 전해 들은 공자가 나는 이런 사람이라며 자로에게 해준

자기소개의 말이다. 어떤 일을 하든지 즐거운 마음으로 하면 근심 걱정을 잊을 수 있다는 삶의 지혜가 담긴 문장이다.

장자에 나오는 소요유(逍遙遊)는 마음 가는 대로 유유자적하며 살아가는 것을 말한다. 중국 전국시대의 도가 철학자이자 미학자인 장자는 사람들에게 고통을 주는 욕심을 버리고 소요유를 통해 무한한 자유를 느끼며 사색하는 삶을 살 것을 권했다.

사람들이 소중하다고 붙잡고 고민하는 일들을 한 발 물러나서 보면 하찮은 일인 경우가 많다. 마음이 편하고 즐거우면 세상의 모든 것들이 좋고 아름답게 보인다.

> 人生一世 草生一春 (인생일세 초생일춘)
> 來如風雨 去似微塵 (래여풍우 거사미진)
> 사람은 태어나서 한 세상, 풀은 돋아 봄 한철,
> 폭풍우처럼 왔다가 티끌처럼 떠나간다.

백 년도 못 채우고 소멸하는 우리의 인생은 수억 년 우주의 시간에서 보면 찰나와도 같은 짧은 순간이다. 때가 되면 어떻게 하겠다고 기한이나 조건을 붙이는 삶의 태도는 바람직하지 못하다.

노벨 문학상을 수상한 미국의 작가 솔 벨로가 쓴 소설 「오늘을 잡아라」에 나오는 문장이다.

> "사람들을 '바로 지금'으로 데려와야 해. 현실 세계로. 현재 이 순간으로 말이야. 과거는 우리에게 아무 소용이 없어. 미래는 불안으로 가득 차 있지. 오직 현재만이 실재하는 거야. '바로 지금'. 오늘을 잡아야 해."

언제나 기회가 있고 기다려 줄 것 같지만 모든 것은 때가 있다.

가정과 직장과 사회의 일원으로서 의무와 책임을 다해야 한다는 강박관념은 사람을 초조하게 만들고 부담으로 작용할 수 있다. 슬럼프가 찾아왔을 때는 그것을 빨리 극복해야 한다는 부담감을 떨치고, 느긋하게 기다릴 수 있는 여유로운 자세가 필요하다.

한 유명 여가수의 노래 제목으로 쓰인 덕분인지는 몰라도 요즈음 '아모르 파티(Amor Fati)'라는 말이 사람들 사이에 많이 회자되고 있다. 자신의 운명을 원망하지 말고 겸허히 받아들인다는 뜻이다.

어떤 모습으로 사느냐가 중요한 것이 아니라 어떤 마음으로 사느냐가 중요하다. 즐길 수 있다면 우리의 삶은 행복할 것이다.

# 세상에 쓸모없는 사람은 없다

우리나라 자살률이 세계 최상위권이라고 한다.

특히, 청소년과 젊은 사람들이 삶의 꿈을 접고 인생을 포기했다는 소식은 우리를 더욱 가슴 아프게 한다. 자살을 하는 이유는 개인에 따라 다양하겠지만, 학생과 젊은 사람의 경우 지나친 경쟁을 조장하는 사회 풍조와 아무리 노력해도 목표를 이룰 수 없다는 좌절감과 무력감이 크게 작용하는 것 같다. 세상에 쓸모없는 사람은 없다. 누구든 자신의 존재 의미를 발견하고 자신을 사랑함으로써 생명의 소중함을 깨달아야 할 것이다.

'맹상군과 鷄鳴狗盜(계명구도)'에서 계명구도란 하잘것없는 재주라도 요긴하게 쓰일 때가 있다는 의미인데, 천박한 재주로 사람을 속인다는 의미로 쓰이는 경우도 있다.

맹상군은 중국 전국시대 제나라의 왕족으로 일인일재(一人一才), 즉 한가지 재주라도 있는 사람은 모두 받아들여 집안에 수천 명의 식객을 거느리고 있었다.

강대국으로 발돋움하던 진(秦)나라 소왕이 맹상군을 재상으로 초빙했는데, 이는 유능한 그를 인질로 잡아둠으로써 제나라를 약화시키려는 속셈에서였다.

맹상군은 자신과 함께 진나라에 갈 수행원으로 재주가 뛰어난 식객들을 선발했다. 이때 닭 울음소리를 잘 내는 사람(鷄鳴 계명)과 개 흉내를 내며 물건을 잘 훔치는 사람(狗盜 구도)이 나서 자신들도 함께 가겠다고 하자 맹상군은 망설이다가 시간이 촉박해 그냥 수행원에 포함시켜 주었다.

진나라 소왕은 맹상군이 진나라에 들어오자 그가 간첩 행위를 했다는 구실로 옥에 가두었다. 맹상군 일행은 진 소왕의 애첩에게 석방을 도와달라고 부탁을 했는데, 애첩은 제나라에서 가져온 여우 겨드랑이털로 만든 옷인 호백구를 주면 부탁을 들어주겠다고 했다. 그러나 호백구는 이미 소왕에게 진상한 상태였기에 맹상군은 난감했다.

이때 개 흉내를 내며 도둑질 잘하는 식객이 나서 호백구를 훔쳐 온 덕분에 그것을 소왕의 애첩에게 줄 수 있었다.

애첩의 도움으로 감옥에서 풀려난 맹상군 일행이 급히 궁궐을 빠져나와 한밤중에 함곡관에 도착해 보니 성문이 닫혀 있었다. 당시에는 새벽닭 울음소리에 맞춰 관문을 열게 되어 있었다. 그때 닭 울음소리를 잘 내는 식객이 "꼬끼오!" 하며 닭 울음소리를 흉내 내자 인근의 모든 닭이 따라 울기 시작했고, 새벽이 된 것으로 착각한 문지기는 성문을 열었다.

보잘것없어 보이는 재주를 지닌 두 식객의 도움으로 맹상군 일행은 진나라를 탈출해 제나라로 무사히 돌아올 수 있었다.

중국 전국시대의 도가 철학자 장자가 말하는 '무용지용(無用之用)', 즉 '쓸모없음의 쓸모 있음'을 보여주는 네 그루의 나무 우화가 있다.

옛날에 나무 네 그루가 저마다 자신이 최고라고 뽐내고 있었다.

첫 번째 나무가 "나는 단단하고 곧게 자라기 때문에 가구를 만드는 목수들이 나를 좋아한다." 하고 자랑했다. 두 번째 나무는 "나는 맛있는 열매를 많이 맺기 때문에 아이들이 나를 좋아한다."라며 뽐냈다. 세 번째 나무는 "나는 향기롭고 예쁜 꽃을 많이 피우기 때문에 여인들이 나를 좋아한다."라고 했다.

이렇듯 저마다 자신이 얼마나 쓸모 있는지를 자랑하던 나무들은 사람들에 의해 하나, 둘 베어져 나갔다. 그러나 네 번째 나무는 구불구불하게 자라 볼품이 없고 아무짝에도 쓸모가 없어 보였기에 세 나무가 모두 베인 후에도 남게 되었다. 여름이 되자 사람들이 나무 밑에 모여 그늘이 시원하다며 그 나무를 칭송했다.

"굽은 나무가 선산을 지킨다."라는 우리 속담도 위의 우화와 같은 의미라고 하겠다.

'動心忍性(동심인성)'은 마음을 두들겨 참을성을 길러 준다는 뜻으로 맹자의 말에서 연유되었다.

맹자는 "하늘이 큰 임무를 내려주고자 하면 반드시 그 마음을 괴롭히고, 뼛골을 수고롭게 하며, 배를 곯리고, 몸을 텅 비게 하여 행위를 어지럽히고, 심성을 억눌러 불가능한 일을 더욱 불가능하게 만든다."라고 말해 당장은 어려움이 있더라도 참고 견디면 훗날 큰 일을 할 기회가 있다고 했다.

'天生我材必有用(천생아재필유용)'은 '하늘이 나를 낳은 것은 다 쓸 곳이 있기 때문'이라는 뜻으로, 당나라 때의 시인 이백이 지은 장진주(將進酒)에 나오는 구절이다. 시성(詩聖)이라 불릴 정도의 글재주를 타고난 이백이 벼슬을 맡지 못한 채 떠돌이 생활을 하면서 스스로를 위로했던 말이다.

재주의 내용과 크기는 다르지만, 누구에게나 그 사람만의 독특한 장점, 잘하는 것이 있고 언젠가는 그것이 쓰일 때가 있다는 희망의 메시지라고 하겠다.

사람을 쓸모라는 잣대로 평가하는 것 자체가 문제일 수도 있겠지만, 이 세상에 쓸모없는 존재는 없다. 무시해도 될 사람이 없고, 버려도 될 생명이 없듯 우리 모두는 다 소중한 존재이다. 자기 자신에 대한 무한신뢰와 무한사랑은 어떠한 경우에도 포기해서는 안 된다.

# 매미 소리 예찬

"매앰~매앰~맴-."

아파트단지 안에 매미 소리가 요란하다.

매미 소리라고 하지만 모든 매미의 소리가 다 똑같은 것은 아니고 각자 나름대로 특색 있는 소리를 내다 보니 마치 매미들의 합창을 듣는 듯하다.

어떤 사람들은 시끄럽다며 짜증스러워하기도 하지만, 나는 매미 소리가 참 좋다.

여름 한낮 매미 소리를 들으면 청량감이 느껴지기도 하고, 시골에서 지내던 어린 시절 미루나무에 앉은 매미 소리를 들으며 냇가에서 놀던 추억이 떠오르기도 한다.

짧게는 이삼 년, 길게는 칠팔 년을 어둡고 습한 땅속에서 참고 기다린 끝에 땅 위 세상으로 나오지만, 채 한 달을 못살고 생을 마감해야 하는 매미들의 운명을 생각하면 그 소리를 차마 미워할 수가 없다.

매미는 애처롭게 우는 것일까, 아니면 즐겁게 노래하는 것일까.

매미 소리가 울음이라면, 기나긴 인고의 세월을 보내고 맞은 이 세상에서의 짧디짧은 시간에 대한 통한(痛恨)이 담긴 울음일 것이다. 매미 소리가 노래라면 그것은 긴 세월을 참고 견딘 끝에 맞은 밝고 아름다운 지상에서의 삶에 대한 기쁨과 환희의 노래일 것이다.

물론 생물학자들은 매미 소리가 단지 자신의 유전자를 남기기 위해 암컷을 부르는 소리일 뿐이라고 무심한 설명을 하지만, 매미 소리의 실체가 무엇이든 상관은 없다.

당분간 폭염은 여전할 것이라는 예보가 있지만, 어차피 머지않아 무더위와 함께 여름은 물러가고 선선한 바람에 가을이 실려 올 것이다. 하루하루 매미 소리는 사그라들고 결국엔 완전히 사라져 한낮의 아파트 단지 안은 고요를 되찾게 될 것이다.

그것은 매미들에게는 죽음을 의미한다. 땅에는 벌써부터 수명을 다하고 죽은 매미들의 딱딱한 껍데기들이 눈에 많이 띈다.

사람들은 매미가 여름 한 철밖에 살지 못하는 미물이라며 비웃기도 하지만, 수억 년에 달하는 우주의 시간에서 보면 백 년도 못 사는 우리의 인생도 매미와 별반 다를 것 없이 짧고 무상하다.

옛날 중국에서는 매미가 영험한 기운을 지니고 있다 하여 특별한 의미를 부여하기도 했다. '옥함'이라 부르는 옥으로 만든 매미를 죽은 사람의 입에 넣는 풍습이 있었는데, 이는 망자가 부디 좋은 곳에서 환생하기를 바라는 염원에서이다.

진(晋)나라 시인 육운은 매미가 학문, 맑음, 염치, 검소, 신의 등 다섯 가지의 덕을 지녔다고 칭찬했다.

매미의 입이 곧게 뻗은 것은 마치 선비의 갓끈이 늘어진 것과 같으므로 선비처럼 학문을 닦았음이며, 이슬이나 나무의 진을 먹고 사니 맑음이고, 곡식이나 채소를 해치지 않으니 염치가 있고, 다른 곤충과 달리 집을 짓지 않고 사니 검소하고, 철 맞춰 허물 벗고 때맞춰 떠날 줄 아니 신의가 있다는 것이다. 이처럼 매미는 조정 관리들에게 요구되는 덕을 모두 지니고 있어 군자를 상징한다고 하여 임금과 신료들이 쓰는 관모를 매미의 양 날개를 본떠 만들었고 이를 익선관(翼蟬冠)이라 불렀다.

병법서인 삼십육계(三十六計)에는 일촉즉발의 위기상황에서 매미가 허물을 벗듯 감쪽같이 몸을 빼 도망가는 금선탈각(金蟬脫殼)의 계책을 소개하고 있다.

장자에 나오는 당랑포선(螳螂捕蟬)이란 고사성어는 사마귀가 자기 등 뒤에서 까치가 노려보고 있다는 사실을 모른 채 앞에 있는 매미를 잡아먹으려 온 신경을 집중하고 있다는 의미로, 눈앞의 이익만 좇다가 그 뒤에 도사린 위험을 모른다는 교훈을 준다.

인터넷에서 매미의 오랜 기다림과 짧지만 욕심을 부리지 않는 매매의 생을 찬양하는 시 몇 편이 눈에 띄었다. 읽어보니 재미도 있고 매미에 대한 친근감도 더하는 것 같다.

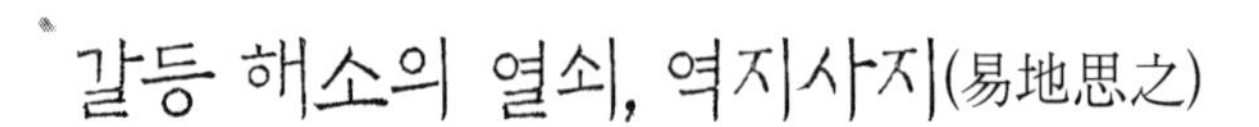

# 갈등 해소의 열쇠, 역지사지(易地思之)

"내게 그런 핑계 대지 마. 입장 바꿔 생각을 해봐. 네가 지금 나라면 웃을 수 있니."

가수 김건모가 부른 '핑계'라는 노래 가사의 일부이다.

"누군가를 정말로 이해하려고 한다면 그 사람 입장에서 생각을 해야 하는 거야. 말하자면 그 사람 몸 속으로 들어가 그 삶이 되어서 걸어 다니는 거지."

미국의 여류작가 하퍼 리가 쓴 소설 '앵무새 죽이기'에 나오는 문장이다.

이처럼 입장이나 처지를 바꾸어 놓고 생각해 본다는 역지사지는 상대방에 대한 배려의 자세이며 상생의 출발점이다.

역지사지는 진보와 보수, 여당과 야당, 다수와 소수, 사용자와 노동자, 갑과 을, 승자와 패자, 부자와 가난한 자, 남자와 여자, 노인과 젊은이, 내국인과 외국인, 가족, 친구 등 모든 계층과 부류의 다양한 인간관계에서 발생할 수 있는 갈등과 반목을 해결하는 유용한 열쇠이다.

역지사지는 내가 옳고 상대방이 틀렸다는 것을 입증하려는 목적이 아니라 상대방의 옳음을 발견하기 위한 것이어야 한다. 즉, 상대방의 눈에 비친 나를 보기 위한 것이며 상대방의 주장에 공감하기 위한 내 마음의 준비과정이라고 할 것이다.

제자인 자공이 공자에게 물었다.

"평생을 두고 실천할 만한 한마디의 말이 있습니까?"

공자가 대답했다.

其恕乎, 己所不欲 勿施於人 (기서호, 기소불욕 물시어인)

"그것은 바로 서(恕)이다. 자기가 원하지 않는 일은 남에게 시키지 말라."

논어에 나오는 이 문장은 가히 인간관계의 황금률이라고 할 수 있다. 여기서 '서(恕)'라는 것은 '같을 여(如)'와 '마음 심(心)'이 결합된 한자가 보여주듯, 내 마음을 통해 다른 사람의 심정을 이해한다는 관용 또는 배려의 뜻으로 역지사지와 같은 의미라고 하겠다.

이솝우화 가운데 여우와 두루미 이야기가 있다.

여우의 생일에 초대된 두루미는 뾰족한 부리 탓에 여우가 내놓은 접시에 놓인 음식을 먹을 수가 없었다. 다음 날 두루미는 여우를 자신의 집으로 초대해 입구가 좁은 호리병 속의 음식을 대접했다. 이번에는 여우가 음식을 먹지 못했다. 마지막 장면에서는 여우와 두루미가 각자에게 편리한 접시와 호리병에 담긴 음식으로 즐겁게 식사를 한다.

이 이야기는 여우와 두루미의 경우처럼 서로 상대방의 다른 점을 인정하고 배려해야 한다는 역지사지의 가르침을 비유적으로 전하고 있다.

역지사지를 할 때는 단지 상대방이 처한 상황뿐 아니라 상대방의 감정이나 마음까지도 생각해 봐야 한다. 상대방 입장에서 상대방의 마음을 이해하게 되면 불필요한 오해나 편견이 해소되어 화도 덜 내게 되고, 괴로움과 섭섭함도 덜하게 되며, 자신의 주장만을 일방적으로 강요하는 일도 줄어들 것이다.

그러나 역지사지한다는 것이 말로는 쉽지만 실천하기는 어려운 게 현실이다.

사람들은 상대방이 나를 이해해주기는 바라면서도 내가 상대방을 이해하려는 노력은 별로 하지 않는데, 그것은 나는 이미 상대방을 잘 알고 있다고 자만하기 때문이다.

상대방에게만 역지사지를 강요하고 자신의 행동을 정당화시키는 것은 이기적인 추태에 불과하다. 제 눈 속의 들보는 못 보고 남의 눈에 든 티끌만 나무라거나, 내가 하면 로맨스요 남이 하면 불륜이라는 내로남불의 이중성 또한 역지사지를 어렵게 하고 갈등과 반목을 키우게 된다.

최근 사회적으로 공분을 사고 있는 을에 대한 갑의 횡포나 끊임없는 노사 분쟁 및 여야 간의 극한적 대립 상황 역시 입장을 바꿔 생각할 줄 모르는 자기중심적 사고의 결과라고 하겠다.

상대방을 생각한다는 것은 결국 자신을 되돌아보는 일이다.

내가 좋아하는 것, 내가 옳다고 믿는 것만이 정답일 수는 없다. 각자가 처한 상황과 지낸 환경에 따라 사람들의 생각과 판단이 다를 수 있음을 인정해야 한다.

다른 사람의 가치관에 대한 관용과 배려, 포용력이 발휘될 때 개인은 더욱 성숙해지고 사회는 살만한 세상이 될 것이다.

사회 전반적으로 갈등과 반목이 깊어지고 있는 요즈음이다.

정치 경제 사회의 각 분야에서 점점 다양해지는 상황만큼이나 다양한 관점과 견해가 있을 수 있다는 열린 마음으로 내가 아닌 상대방의 입장에서도 살펴볼 일이다.

# 참는 자에게 복이 있나니

“참을 인(忍) 자 세 번이면 살인도 면한다.”라는 말이 무색하게 순간의 화를 참지 못하고 감정을 폭발시켜버리는 사람들이 늘어나고 있다. 자동차 경적을 울리거나 끼어들기를 했다고 위험천만한 보복 운전을 하고, 아파트 층간 소음 때문에 아랫집과 윗집 간의 말다툼이 살인까지 부른다. 상대를 이해하고 포용할 수 있는 마음이 부족하고, 모든 일을 자기중심적으로 생각하는데 따른 결과이다.

언제부터 우리나라 사람들이 이렇듯 참을성이 없게 되었는지 모르겠다. 예전에는 사람들이 억울한 일을 당하더라도 겉으로 화를 내지 않고 속으로 삭이기만 해 ‘화병’이라고 하는 한국인 고유의 정신질환 명칭까지 생겨났는데, 이제는 오히려 화를 참지 못하고 욱하는 감정을 즉시 드러내는 분노조절장애를 걱정해야 하는 지경이 되었다.

忍一時之忿 免百日之憂 (인일시지분 면백일지우)

한 때의 화를 참고 견디면 백날의 근심을 면한다.

참는다는 것이 쉬운 일은 아니다. 한자 ‘참을 인(忍)’을 보면 ‘마음 심(心)’ 위에 ‘칼날 인(刃)’자가 놓여 있다. 즉, 참는다는 것은 심장에 칼날을 갖다 대는 듯한 고통이 따르는 어려운 일이라는 것이다.

분노 관리 여부에 따라 리더와 조직의 명운이 달라진 경우는 많다. 불같은 성격은 자신은 물론 조직 전체를 망치게 한다. 2차 세계대전에서 독일이 패망한 데는 화를 참지 못하는 히틀러의 괴팍한 성격도 일조한 것으로 분석되고 있다. 삼국지의 성질 급한 장비도 분노를 다스리지 못해 자신의 부하 장수들에 의해 목숨을 빼앗기는 불운을 자초했다.

인내는 쓰지만 그 열매는 달다. 역사에는 일시적인 분노와 화를 잘 다스리고, 힘들고 고통스러운 날들을 참고 견딘 끝에 좋은 결과를 가져온 일화가 많다.

'초 장왕의 絶纓之宴(절영지연)'에서 절영지연이란 갓끈을 끊고 즐기는 연회라는 뜻으로, 남의 잘못에 화가 나더라도 참고 관대하게 용서해주거나 어려움에서 구해주면 반드시 보답이 따른다는 고사성어이다.

춘추시대 초나라 장왕은 어느 날 신하들을 모아 성대하게 연회를 베풀고 자신의 애첩으로 하여금 시중을 들게 하였다.

밤이 깊었는데 갑자기 바람이 불어 연회장의 촛불이 모두 꺼져버렸다. 그때 어둠 속에서 왕의 애첩이 소리를 질렀다. 그리고는 누군가 자신의 몸을 건드리는 사람이 있어 그의 갓끈을 잡아 뜯었으니 불을 켜면 누군지 가려낼 수 있을 것이라고 말했다.

그러나 장왕은 불을 켜지 말라 하고는 오히려 신하들에게 오늘은 모두 갓끈을 끊어 버리고 실컷 즐기자고 했다. 이에 신하들이 모두 갓끈을 끊어버리고 여흥을 즐겼다.

몇 년 뒤 초나라가 진(晉)나라와 전쟁을 하는데 한 장수가 선봉에서 죽음을 무릅쓰고 분투한 덕분에 승리할 수 있었다. 장왕이 그 장수를 불러 "과인은 그대를 잘 대해준 기억이 없는데, 무슨 이유로 목숨도 아까워하지 않고 그리 열심히 싸웠는가?" 물었다.

장수는 3년 전 연회 때 술에 취해 왕의 애첩의 몸에 손을 대는 죽을죄를 지었는데, 왕이 범인을 색출하지 않고 관대하게 용서해준 은혜를 갚으려 한 것이라 했다.

장왕이 당시에 화를 참지 못하고 애첩의 몸을 만진 사람을 찾아내 처벌했다면 진나라 군대를 물리치기 어려웠을 것이고, 장왕은 춘추오패의 반열에 오르지도 못했을 것이다.

진(晉) 문공(중이)은 왕위 계승을 둘러싼 나라 안의 갈등 때문에 외국으로 피난을 떠나야 했다. 문공의 외국 망명 생활은 고난에 찬 날들이었다. 아버지가 그를 제거하려 한 것에 이어 동생도 그에게 자객을 보냈다. 외국에서 문전박대를 당하고 놀림거리가 되는 일도 있었으며 먹을 것이 없어 구걸을 하기도 했다.

그러나 문공은 19년간 여러 나라를 유랑한 끝에 62세에 드디어 진나라로 돌아와 왕위에 올랐고, 춘추오패의 두 번째 패주가 되었다.

군사 독재 시절 끊임없는 가택연금 등의 핍박과 암살 위협, 그리고 사형 선고 등의 고초를 이겨내고 마침내 대통령이 되었던 우리나라의 어느 전직 대통령을 떠올리게 하는 일화이다.

한(漢)나라의 대장군 한신이 무명 시절 동네 불량배의 가랑이 밑을 기었다는 과하지욕(胯下之辱)의 일화는 성공을 위해서라면 순간의 치욕을 참아야 한다는 교훈을 주는 대표적인 고사성어이다. 한신은 그로 인해 '사타구니 무사'라는 놀림을 당하기도 했지만, 훗날 대장군이 된 뒤 그 사내를 찾아내 자신에게 '참을 인(忍)' 자를 가르쳐 주었다며 돈과 직위를 주기도 했다.

고종의 아버지 흥선 대원군 이하응은 서슬 퍼런 안동 김씨의 세도 정치에서 살아남기 위해 상갓집 개 소리를 들어가며 짐짓 방탕한 생활로 세월을 보냈다.

그러나 철종이 후사 없이 죽자 풍양조씨 조대비의 도움으로 아들을 왕위에 올리고 자신은 대원군이 되어 완전히 달라진 모습으로 개혁정치를 주도했다.

삼사일언, 삼사일행(三思一言, 三思一行)은 '한마디 말을 하기 전에 세 번을 생각하고, 한 번 행동하기 전에 세 번을 생각하라.'라는 뜻인데, 이는 말이나 행동을 하기 전에 세 번 참는다는 의미라고도 할 수 있다.

도저히 참기 힘든 어려운 상황에서도 긍정적인 마음으로 생각을 바꾸면 언젠가는 그에 대한 보상이 온다는 사실을 잊지 말아야 할 것이다.

# 리더의 자세, 겸청(兼聽)과 포용력

공자는 임금에게 대드는 신하 네댓 명만 있으면 사직(社稷)을 보존한다고 했다.

춘추오패 중 한 사람인 초나라 장왕은 자신의 말에 이의를 제기하는 신하가 없으면 나라에 인재가 없다며 걱정을 했다고 한다.

직언을 하는 신하의 중요성을 강조한 이야기라고 할 수 있다. 역사를 돌이켜 보면 훌륭한 지도자에게는 직언을 서슴지 않았던 신하들이 있었고, 지도자들은 그들이 직언을 할 수 있도록 기를 살려주고 정치력을 발휘함으로써 나라를 발전시키고 태평성대를 이뤘다.

> 관리가 된 제자가 공자에게 어떻게 하면 고을을 잘 다스릴 수 있는지 물었다.
>
> 이에 공자가 대답했다.
>
> "고을을 잘 다스리기 위해 자기 혼자 열심히 하는 것은 하수(下手)이고, 다른 사람의 힘을 이용하는 것은 중수(中手)이며, 다른 사람의 지혜를 이용하는 것이 상수(上手)이다."

리더가 다양한 사람들의 이해관계를 조정하고 지혜를 모아 조직을 한 방향으로 나아가게 하려면 무엇 보다 소통이 중요한데, 소통을 잘하기 위한 조건이 겸청과 포용력이라고 할 수 있다.

당 태종이 신하들과 나눈 대화를 기록한 '정관정요'는 제왕학 또는 정치 교과서라고 불릴 만큼 군주와 리더들이 읽고 새겨야 할 내용이 많다. 그 가운데 간언을 장려한 당 태종과 직언을 서슴지 않았던 신하 위징의 일화가 있다.

위징은 당 태종 이세민이 임금이 되기 전에 자기 형과 왕위를 놓고 골육상쟁을 벌일 때 형의 편에 섰던 인물로 이세민과는 정적 관계였다. 그러나 왕위에 오른 이세민은 위징을 신하로 포용했고, 위징은 소신껏 당 태종을 보필했다.

당 태종이 위징에게 현명한 군주와 어리석은 군주는 어떻게 구분하는지 물었다.

이에 위징이 대답했다.

> 兼聽則明 偏信則昏 (겸청즉명 편신즉혼)
>
> "현명한 군주는 겸청하고, 어리석은 군주는 편신합니다."

'현명한 사람은 두루 듣고, 어리석은 자는 한쪽 말만 믿는다.'라는 뜻으로 군주가 두루 들으면 명군(明君)이 되고, 한쪽 말만 들으면 혼군(昏君)이 된다는 것이다. 겸청은 다양한 사람의 의견에 귀를 기울여 그 가운데 옳다고 생각하는 의견을 받아들이는 것이며, 편신은 특정한 사람의 말만을 믿는 것이다.

당 태종이 하루는 얼굴을 붉히며 내실로 들어와 장손황후 앞에서 화를 내며 말했다. "위징이 조회 때마다 나를 욕보이는데 그냥 둘 수 없다."

그러자 황후는 말없이 물러났다가 예복을 갖춰 입고 들어와 태종에게 큰절을 올렸다. 태종이 의아해서 왜 그러느냐고 물으니 황후가 대답했다.

"군명신직(君明臣直), 임금이 밝으면 신하는 곧다고 했습니다. 위징이 황제의 노여움을 살 정도로 바른말을 하는 걸 보니 폐하의 밝으심이 크게 드러날 것이라 경하드립니다."

이에 태종은 화를 풀고 오히려 기뻐했다.

君舟民水 (군주민수)

水則載舟 水則覆舟 (수즉재주 수즉복주)

군주는 배요, 백성은 물이다.

물은 배를 띄울 수도 있지만 배를 뒤엎을 수도 있다.

위징이 당 태종에게 간언을 할 때 인용한 순자의 말이다.

백성을 섬기는 위민정신과 겸청의 자세, 그리고 자신을 반대했던 사람까지도 등용한 포용의 정치 등 당 태종의 치세에 역사는 '정관지치(貞觀之治)'라는 말로 찬사를 보내고 있다.

治大國 若烹小鮮 (치대국 약팽소선)

큰 나라를 다스리는 일은 작은 생선을 굽듯이 해야 한다.

도가 철학자인 노자는 무위의 조용한 리더십을 강조했다. 조직의 리더는 지나친 간섭이나 잔소리를 하지 않고 진득하게 기다리며 분위기를 조성해줘야 한다.

조그만 생선을 구울 때 이리저리 뒤집으면 생선의 살점이 프라이팬에 다 달라붙어 먹을 것이 없게 된다. 시시콜콜 작은 일까지 직접 챙기는 대리급 임원과 주사급 국장 때문에 일하기가 힘들다고 푸념하는 사람들을 가끔 만날 수 있다.

조직의 리더는 다양한 이해관계의 통합을 이룰 수 있는 유연성과 포용력이 필요하다. 깊고 넓은 골짜기가 작은 물줄기들을 다 받아들이는 것처럼 리더는 다른 사람들의 의견을 수용하는 넓은 마음을 가져야 한다.

리더의 역량에 따라 조직이나 나라가 발전하기도 하고 쇠퇴하기도 한다.

리더는 자신의 역할을 제대로 수행하기 위해 항상 귀를 열어 겸청하고, 마음을 열어 포용하는 자세를 가져야 할 것이다.

# 울음의 카타르시스 기능

울고 싶을 때는 울어야 한다. 실컷 울고 나면 마음이 후련해진다.

웃음이 사람들의 기분을 바꿔주고 면역력을 높이는 것처럼 울음도 스트레스를 해소시켜 몸과 마음을 건강하게 해준다.

울음이 웃음과 마찬가지로 신이 인간에게 준 선물이라고 불리는 이유이다.

영국의 다이애나 황태자비가 교통사고로 사망한 해에 우울증 환자가 예년의 절반 수준으로 떨어졌다고 하는데, 이는 다이애나의 죽음에 많은 영국인이 울음으로 스트레스를 날려 보낸 덕분이라고 한다.

어린아이의 울음은 우리를 슬프게 하고, 중년 여인의 울음은 말 못할 인생의 회한이 서려 있는 듯하고, 건장한 사나이의 굵은 눈물에서는 무언가 비장한 결심이 있을 것 같은 느낌을 주기도 해 드라마나 유행가에도 자주 등장하는 것이 눈물이며 울음이다.

사람들은 보통 슬플 때 울지만 기쁠 때도 운다. 무섭고 불안할 때 울기도 하지만 안도감이 들 때 울기도 한다. 고통스러울 때 울기도 하고, 그 고통을 이겨 냈을 때도 운다. 이처럼 사람들이 다양한 상황에서 눈물을 흘리며 우는 것은 울음이 그만큼 복잡하고 섬세한 인간

감정의 표현물이기 때문일 것이다.

울음에도 종류가 있다.

큰 소리를 내며 눈물을 흘리고 우는 것은 '곡(哭)'으로, 슬픔의 극대치를 표현하는 울음이라고 하겠다. 1905년 을사조약으로 나라의 외교권을 일본에 빼앗긴 것을 통탄하며 장지연이 쓴 「시일야방성대곡(是日也放聲大哭)」에서 그 슬픔의 정도를 짐작할 수 있을 것 같다.

이와는 조금 다른 해석도 있는데, 장례 때 상주들이 눈물은 흘리지 않고 "아이고-, 아이고-!" 하면서 소리만 내며 우는 것을 곡이라 한다는 것이다.

교통과 통신이 극히 불편했던 옛날, 양반집에서는 문상객들을 위해 어쩔 수 없이 장례를 짧게는 30일, 길게는 100일 동안 계속했는데, 곡을 해야 하는 상주들 입장에서는 무척이나 힘든 일이었다. 그래서 소리로써 슬픔을 표현하기는 하되 몸을 생각해서 눈물을 흘리는 것은 자제했다는 것이다.

옛날 초상집에는 힘든 상주들을 위해 곡을 대신 해주는 '곡비(哭婢)'도 있었다고 하는데, 요즈음에는 글로써 다른 사람의 슬픔 등 감정을 대신 표현해 주는 시인을 곡비라 부르기도 한다.

소리는 내지 않고 눈물만 흘리며 흐느끼는 것은 '읍(泣)'이다. 흔히 울면서 호소하거나 간청하는 것을 읍소(泣訴)라고 하는 것을 생각하면 이해하기 쉽다.

'읍'이라는 글자가 들어간 유명한 고사성어로 '읍참마속(泣斬馬謖)'이 있다. 삼국지에서 제갈량이 어린 황제 유선에게 출사표를 올린 뒤 제1차 북벌에 나섰을 때 자신의 명령을 어기고 가정 전투에서 위나라 군대에게 크게 패한 측근 장수 마속을 눈물을 머금고 참수했던 일화에서 유래되었다.

눈물을 흘리는 것을 의미하는 또 다른 한자 '체(涕)'는 체루탄, 체루가스 등에서 보듯 '루(淚)'라는 동일한 의미의 글자와 함께 사용되는 경우가 많다.

1980년대까지 대학생들의 민주화 시위 때는 예외 없이 경찰의 진압용 체루탄이 난무하고 학생들의 얼굴은 눈물로 범벅이 되기도 했다. 그런 체루 덕분에 문재인 대통령과 부인 김정숙 여사가 대학 시절 인연을 맺어 오늘에 이르렀다고 하니 진보 대통령에게 어울리는 재미있는 일화이다.

울음을 나타내는 또 다른 한자 '명(鳴)'은 '조지장사 기명야애(鳥之將死 其鳴也哀), 새는 죽을 때가 되면 그 울음소리가 애처롭다.'라는 글귀에서 보듯 새가 우는 것을 표현하거나, 스스로 소리를 내는 북이라는 의미의 '자명고(自鳴鼓)'처럼 사물의 울림을 나타낼 때 주로 쓰인다.

남자의 평균 수명이 여자보다 짧은 것은 남자가 여자 보다 덜 울기 때문이라는 흥미로운 가설이 있다. 남자는 어릴 적부터 사내대장부는 울지 않아야 한다는 이야기를 들으며 자란 탓이 클 것이다.

이제 남녀노소를 불문하고 울고 싶을 때는 참지 말고 실컷 울어 보자. '곡'이 되었든 '읍'이 되었든 상황과 여건에 맞추어 솔직하게 감정을 표현하며 우는 것은 부끄럽거나 창피한 일이 아니다. 오히려 울음의 카타르시스 기능을 통해 개인은 물론 사회의 건강을 유지한다는 좋은 인식을 가져야 하겠다.

# 실패는 성공의 디딤돌

"성공의 반대말은 실패가 아니라 포기이다.", "가장 큰 실수는 실패할까 두려워 시작도 하지 않는 것이다."라는 말이 있다. 우리는 흔히 성공한 사람들이나 기업들의 화려한 면만을 보는 경향이 있다. 그러나 그 성공의 이면에는 숱한 실수와 실패의 어려움이 있었음을 잊어서는 안 될 것이다.

링컨은 연이은 선거에서의 낙선과 사업 실패를 딛고 일어선 의지와 끈기의 아이콘이다. 그는 20대의 젊은 시절부터 사업 실패뿐만 아니라 주 의회 의원, 하원의원, 상원의원, 대통령 선거 등 각종 선거에서 수도 없이 낙선의 고배를 마셨다. 그러나 그는 51세에 드디어 대통령으로 당선되었고, 미국 역사상 가장 존경받는 정치인이 되었다.

실패를 해본 사람만이 성공의 진정한 의미를 이해할 수 있다. 그런 점에서 실패만큼 성공적인 것도 없다고 하겠다.

過而不改 是謂過矣 (과이불개 시위과의)

過則勿憚改 (과즉물탄개)

잘못을 저지르고도 고치지 않는 것, 그것이 진짜 잘못이다.

잘못했다면 바로 고치기를 주저하지 말라.

사람은 누구나 실수와 실패를 할 수 있지만, 그것을 반면교사 삼아 다시 되풀이 하지 말아야 한다는 의미로 논어에 나오는 문장이다.

공자는 많은 제자 가운데 안회를 특히 좋아했는데, 그것은 안회가 호학, 불천노, 불이과(好學, 不遷怒, 不貳過), 즉 학문을 좋아하고, 노여움을 남에게 옮기지 않으며, 같은 잘못을 두 번 저지르지 않았기 때문이라고 했다.

勝敗兵家事不期 (승패병가사불기)
包羞忍恥是男兒 (포수인치시남아)
江東子弟多才俊 (강동자제다재준)
捲土重來未可知 (권토중래미가지)
승패는 병가지상사여서 기약할 수 없는 법
수치심을 끌어안고 치욕을 참아야 남아인 것을
강동의 자제들 재주 있는 인재들이 많으니
흙먼지 일으키며 다시 돌아올 수도 있었을 텐데.

당나라 시인 두목은 초한 전쟁 당시 항우와 유방의 최후 격전지였던 해하의 오강 근처 정자에서 '제오강정시(題烏江亭詩)'를 지어 항우가 단 한 번의 패배를 극복하지 못하고 서른한 살 젊은 나이에 죽은 것에 대한 연민의 정을 담았다.

문장 가운데 흙먼지를 일으키며 다시 돌아온다는 의미의 '권토중래'는 실패에 좌절하지 않고 힘을 길러 다시 승리와 성공을 도모한다는 뜻으로, 오늘날까지도 재기를 노리는 사람들에게 희망과 용기를 주는 고사성어로 인용되고 있다.

실패한 사람에게는 위로도 좋고 경고도 필요하다. 하지만 실패 요인들을 자세히 분석함으로써 이후 다른 유사한 실패가 반복되지 않도록 하는 일이 더욱 의미가 있을 것이다. 실패를 소중한 자산으로 인정하고, 실패를 두려워하지 않는 분위기를 조성하게 되면 성공으로 가는 불확실성과 시행착오를 줄일 수 있다.

에디슨의 수많은 발명품은 그의 천재성뿐만 아니라 셀 수 없을 정도로 많았던 실패가 낳은 결과물이기도 했다. 1878년 에디슨이 설립한 이래 미국의 대표적 기업으로 성장해온 기업 GE(General Electric)는 창업 이래의 주요한 실패 정보를 상세히 기록, 정리해 활용하고 있다.

혁신의 아이콘으로 불리는 스티브 잡스는 애플에서 해고되었던 인생에서 가장 큰 실패의 순간을 회고하면서 "우리는 인간이기에 많은 실수를 하지만, 그 덕분에 우리는 늘 새로워지고 창조적이게 된다."라고 했다. 미국 농구 역사상 가장 위대한 선수로 평가 받고 있는 마이클 조던은 "내 삶은 실패의 연속이었다. 이것이 내가 성공한 이유이다."라고 말하기도 했다.

실패가 전화위복의 성공사례가 된 경우도 눈에 띈다. 독일 바이엘 제약사의 아스피린은 원래 염료를 개발하다가 실패한 제품이었으며, 미국 3M사의 포스트잇도 접착제를 만들다가 접착력이 약해 실패로 판정이 난 제품을 활용해 히트 상품이 되었다.

이처럼 성공하는 조직은 실수와 실패를 숨기거나 회피하지 않고 정면으로 부딪쳐 성공을 향한 과정으로 활용하는 조직이다.

前事之不忘 後事之師也 (전사지불망 후사지사야)

지난 일을 잊지 않는 것이 나중 일의 스승이 될 수 있다.

사마천의 사기에 나오는 말이다. 잘못된 전철을 밟지 않으려면 지난 일을 잊어서는 안 된다는 의미이다. 인생을 살다 보면 누구든지 실패를 겪게 되는데, 그 실패의 가치는 사람마다 다르다. 어떤 사람에게는 실패가 값진 경험이지만, 어떤 사람에게는 좌절감만 안겨주는 무의미한 경험일 수도 있다.

"신은 다시 일어서는 법을 가르쳐 주기 위해 넘어뜨린다."라는 말이 있다.

실패가 개인이나 조직의 발전에 있어서 걸림돌이 아니라 성공에 이르는 디딤돌이라는 긍정적인 인식을 갖고 적극 도전하는 자세가 필요하다. 불가능한 것을 손에 넣으려면 실패를 두려워하지 말고 불가능한 것에 도전해야 한다.

# 결혼, 음(陰)과 양(陽)이 만나다

가을로 접어드니 혼사를 알리는 지인들의 청첩이 부쩍 많아졌다.

결혼은 개인적으로는 인생에 있어서 가장 크고 행복한 이벤트이며, 사회적으로는 인류가 고안해낸 가장 아름답고 위대한 제도 가운데 하나라고 할 수 있다.

인류가 멸종되지 않고 오늘날까지 찬란한 문화를 꽃피울 수 있는 것은 결혼을 통해 가정을 이뤄 삶의 안정성과 지속 가능성을 확보한 것에 따른 결과라고 할 수 있다.

결혼은 나라와 지역에 따라 다르고, 시대의 흐름에 따라서도 많은 변천이 있었다.

결혼(結婚)의 한자 '혼(婚)'은 원래는 저녁 무렵을 의미하는 황혼의 '혼(昏)'에서 유래된 글자이다. 전통 음양설에 따르면 남자는 양(陽)이고 여자는 음(陰)이며, 낮은 양이고 밤은 음이라 양과 음이 교차하며 만나는 저녁 무렵에 남녀가 만나서 혼례를 올리는 것이 옛 풍습이었다.

고대로부터 서옥제, 민며느리제, 데릴사위제, 지참금 제도 등 결혼과 관련된 다양한 풍습이 있었는데, 대체로 열악한 경제와 부족한 노동력 해결을 위해 생겨났던 것들로 정도의 차이는 있으나 오늘날까지도 그 흔적이 남아 있다.

초기의 전통 혼례는 신랑이 신부의 집으로 가서 혼례를 치른 후 처가에서 살다가 자식을 낳아 어느 정도 성장하면 본가로 돌아오는 형식을 취했다.

이를 남귀여가혼(男歸女家婚)이라 했는데, 고구려 때 생겨나 조선 중기까지 꾸준하게 이어졌다. 이러한 풍습으로 인해 결혼하는 것을 '장인(丈人), 장모(丈母)의 집으로 간다.'는 의미에서 "장가(丈家)간다."라는 말로 표현하기도 했다.

이율곡이 어린 시절 강릉 오죽헌 외할머니 집에서 어머니 신사임당과 함께 지낸 것도 이러한 풍습에 따른 결과이다. 신사임당은 결혼 후에도 강릉 친정에서 이십 년 가까이 살다가 한양의 시댁으로 올라갔다.

'장가가는' 혼례 풍습은 조선 중기 이후 성리학의 영향으로 사회가 점차 남자 중심으로 바뀜에 따라 신부가 시부모와 신랑이 살고 있는 집으로 간다는 의미의 '시집가는' 결혼으로 변모하게 되었다.

결혼과 관련해 역사에서 눈길이 가는 부분은 정략결혼이다.

정략결혼은 특별한 이익이나 목적을 위해 당사자의 의사와 상관없이 주위 사람들에 의해 추진되는 결혼을 일컫는 것으로, 두 나라 왕실이 결혼을 통해 국가 간에 화친과 동맹을 이루는 것이 일반적이었다. 중세와 근대 유럽 왕실의 결혼은 대부분이 정략결혼이었다. 대표적인 정략결혼으로는 오스트리아 합스부르크 왕가의 마리 앙투아네트와 프랑스 부르봉 왕가의 루이 16세의 결혼을 들 수 있다. 유럽 대륙의 패권을 놓고 경쟁하던 두 나라가 새롭게 부상하는 프로이센을 견제하기 위해 정략결혼을 했지만, 안타깝게도 두 사람의 결혼생활은 프랑스혁명으로 인해 비극적으로 끝이 났다.

고대 중국에서는 북방 흉노족의 침입을 막기 위한 수단으로 결혼정책을 이용했다.

유세군은 궁녀의 신분을 감추고 한나라 무제의 딸로 위장해 흉노족과 적대관계에 있던 투르크계 오손족 왕에게 시집을 갔는데, 그녀를 지칭하는 '오손 공주'라는 호칭은 정략결혼의 희생양이 된 슬픈 운명의 여인을 비유하는 말이 되었다.

한나라 원제 때는 중국 4대 미녀 가운데 한 명인 궁녀 왕소군이 공주로 위장해 흉노의 왕인 호안야 선우에게 시집을 가게 된 일화가 유명하다. 왕소군의 슬픈 사연은 당나라 문인 동방규의 시 '소군원(昭君怨)'에서 봄은 왔지만 봄 같지 않다는 의미의 "춘래불사춘(春來不似春)"으로 표현되기도 했다.

우리나라의 대표적 정략결혼은 고려를 건국한 태조 왕건이 지방 호족들과의 연합을 위해 여섯 명의 왕후와 스물세 명의 부인을 두었던 일이라고 할 수 있겠다.

이밖에도 고려 공민왕과 원나라 노국대장공주, 조선의 마지막 황태자인 영친왕과 일본 왕족 이방자(일본명 나시모토 마사코) 여사의 경우도 역사에서 눈에 띄는 정략결혼이다.

결혼은 인륜지대사이며 평생에 한 번뿐이라 성대하고 멋진 예식을 치르고 싶은 것이 인지상정이겠지만, 최근 들어서는 적은 수의 하객을 초대해 간소한 예식을 치르는 '작은 결혼식', '스몰 웨딩'도 조금씩 자리를 잡아가고 있는 것 같다.

예전에 가난한 집에서는 '작수성례(酌水成禮)'라고 하여 물 한 그릇만 달랑 떠 놓고 혼례를 치르기도 했다.

우리나라 젊은이들의 결혼 기피 현상이 심해지고 있다. 어떤 사람은 "요즘 젊은이들은 결혼을 꼭 먹어야 하는 주식(主食)인 밥이 아니라, 먹어도 되고 먹지 않아도 상관없는 간식 정도로 생각하는 것 같다."라고 표현하기도 했다. 이제 결혼은 젊은이들에게 필수가 아니라 선택이라는 것이 여러 설문조사에서도 나타나고 있다.

형편이 여의치 않아 결혼을 미루는 경우도 있고, 혼자 살면서 인생을 즐기겠다는 생각 때문인 경우도 있겠지만, 젊은이들의 결혼 기피 현상은 저출산으로 직결되고, 이는 국가의 존속마저 위태롭게 할 수도 있기에 적잖이 심각한 사회적 문제라고 하겠다.

아름다운 인류 문화유산인 결혼을 통해 개인의 행복한 삶과 더불어 사회발전의 지속성을 확보할 수 있도록 국가와 사회의 더 많은 관심과 지원이 있어야 할 것이다.

# 소신을 지켜 역사의 별이 되다

"다수결 원칙에 따르지 않는 것이 있다면, 그것은 바로 한 인간의 양심이다."

미국의 여류 작가 하퍼 리가 쓴 소설 '앵무새 죽이기'에 나오는 문장이다.

"모두가 '예'라고 할 때 '아니오'라고 말할 수 있어야 하고, 모두가 '아니오'라고 할 때 '예'라고 말할 수 있어야 한다."

이처럼 사람들은 소신과 용기 있는 행동을 해야 한다고 이야기하지만, 실제로 현실에서 그렇게 한다는 것은 여간 어려운 일이 아니다.

소신은 자신의 안위보다 다른 사람이나 조직과 사회를 먼저 생각하고 당장의 이익보다 먼 미래를 보게 한다. 따라서 소신은 그 뜻이 의(義)와 공공선(公共善)에 부합해야 한다. 그렇지 않다면 그것은 한낱 고집이고 집착일 뿐이다.

先義而後利者榮 先利而後義者辱 (선의이후리자영 선리이후의자욕).
명분을 먼저 생각하고 이익을 뒤로하면 영광을 얻고, 이익을 먼저 취하고 명분을 나중에 생각하면 욕을 본다.

得志與民由之 不得志獨行其道 (득지여민유지 부득지독행기도)

뜻을 얻으면 사람들과 함께하고, 뜻을 얻지 못하면 나 홀로 길을 간다.

맹자가 말한 문장들이다. 대장부를 가장 이상적인 인간형으로 보았던 맹자는 의(義)를 중시하는 소신으로 평생 동안 자신이 옳다고 생각한 길을 걸었던 인물이다.

反者道之動 (반자도지동)

거꾸로 가는 것이야말로 진정한 도(道)의 운동성이다.

노자의 도덕경에 나오는 문장으로, 남들과 휩쓸리지 말고 소신을 갖고 반대로 행동하라는 의미이다.

1848년, 미국 서부에서 금이 발견되자 동부에 살던 많은 사람이 서부로 몰려가는 골드러시 현상이 일어났다. 그러나 그들 가운데 실제로 금을 발견해 부자가 된 사람은 극히 드물었고, 돈을 번 것은 삽과 곡괭이를 파는 장사꾼들뿐이었다.

지금도 주식이 좀 오르면 개미라고 불리는 개인 투자자들이 너도나도 주식 매입에 달려들지만 정작 돈을 버는 것은 기관투자가와 외국인뿐인 경우가 많다.

투자의 귀재이자 오마하의 현인으로 불리는 미국의 워렌 버핏이 "다른 투자자들이 탐욕으로 덤벼들 때는 두려워해야 하고, 그들이 두려워할 때는 탐욕을 가져야 한다."라고 말한 것도 같은 맥락이라고 할 수 있다.

우리는 소신을 갖고 자기가 옳다고 생각하는 것에 목숨까지 걸었던 사람을 의인(義人)이라 부른다. 굳은 의지로 소신을 지켰던 의인들은 역사 속에 빛나는 별이 되고 한 줌의 소금이 되었다.

백이 숙제는 사마천이 사기의 열전 70권 가운데 제일 앞부분에서 소개할 만큼 의인으로 높게 평가하고 있다. 상(은)나라가 주나라 무왕에 의해 멸망하자 백이와 숙제는 상나라에 대한 충성을 버릴 수 없다며 수양산으로 들어가 고사리를 뜯어 먹다가 굶어 죽었다. 사마천은 "하늘의 이치는 사사로움이 없어 늘 착한 사람과 함께 한다고 했는데, 백이와 숙제는 굶어 죽고 도척 같은 옳지 못한 도둑은 천수를 누렸으니, 과연 하늘의 뜻이 옳은 것인가 그른 것인가(天道是耶非耶 천도시야비야)?"라며 한탄했다.

> 士爲知己者死 女爲悅己者容 (사위지기자사 여위열기자용)
>
> 선비는 자기를 알아주는 사람을 위해 죽고, 여자는 자기를 즐겁게 해주는 사람을 위해 화장을 한다.

사기의 자객열전에 나오는 예양의 말이다.

의리와 집념의 상징적 인물인 예양은 춘추시대 진(晉)나라 지백을 주군으로 섬겼다. 그러나 조양자가 지백을 죽이고 그 가문을 멸족시켰다. 이로써 진나라는 한(韓), 위(魏), 조(趙) 세 나라로 분열되어 춘추시대가 막을 내리고 약육강식의 전국시대가 새롭게 도래하게 되었다. 예양은 갖은 고초를 참아가며 주군인 지백의 원수를 갚기 위해 조양자를 암살하려는 노력을 기울였으나 결국 그 뜻을 이루지 못한 채 자결했다.

예양의 이름과 그의 말이 지금까지 사람들에게 회자되는 것은 그의 행동에 목숨을 건 진정성이 담겨 있었기 때문이다.

歲寒然後 知松栢之後凋 (세한연후 지송백지후조),

擧世混濁 淸士乃見 (거세혼탁 청사내현)

날이 추워진 뒤라야 소나무와 잣나무의 푸르름을 알게 되고,

세상이 어지럽고 더러워지면 깨끗한 선비가 드러난다.

선비 정신으로 오백 년을 이어 온 조선에도 목숨을 걸고 소신을 지킨 사람들이 많았다. 어린 단종을 죽이고 왕위를 찬탈한 세조에 맞섰던 사육신이 대표적이다.

사육신의 소신에 찬사를 보낸 역사와 민심은 다른 한편으로는 맛이 쉽게 변하는 녹두나물을 '숙주나물'로 이름을 바꿔 부름으로써 변절한 신숙주에 대한 비난을 대신하고 있다. 또한 병자호란 때 삼전도의 굴욕 속에서도 절개를 지킨 윤집, 홍익한, 오달제 등 삼학사나 경술국치에 절명시(絶命詩)를 남기고 자결한 황현, 임진왜란 때의 의병들이나 일제의 침탈에 맞섰던 독립투사들 역시 소신을 지킨 의인들이다.

넓고 편한 길을 마다하고 소신을 지키며 좁고 험한 길을 걸어간 역사 속 의인들을 기억하고 그 정신을 계승하는 일은 후손인 우리들이 해야 할 최소한의 의무일 것이다.

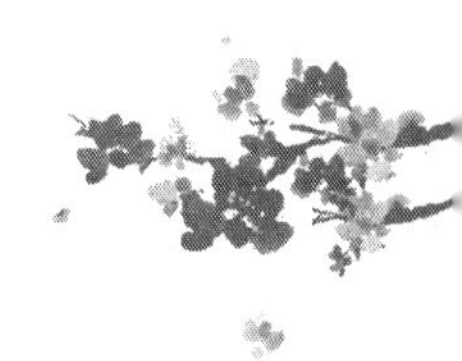

# 큰 위험을 예고하는 작은 조짐

중국의 도가 철학자인 노자는 "천하의 어려운 일은 반드시 쉬운 일에서 생겨나고, 천하의 큰 일은 반드시 미세한 일에서 일어난다."라고 했다.

큰 지진이 일어날 때는 몇 차례의 작은 지진이 먼저 오는 것이 보통이고, 큰 병이 나기 전에는 이런저런 잔병치레를 통한 예고가 있듯, 조직이 위기에 처하면 직원들이 동요하는 등 조짐이 나타나기 마련이다.

따라서 자연현상이든, 병이든, 조직 운영이든 큰 일이 터지기 전에 작은 조짐을 알아채고 분석해 다가올 위기에 대한 대비책을 세운다면 위험을 크게 줄일 수 있다.

물론, 조짐을 미리 인식하는 것이 쉬운 일은 아니어서 늘 주의를 기울여 세밀하게 살펴야 할 것이다.

礎潤長傘 (초윤장산)

주춧돌이 젖어 있으면 우산을 펴라

외출을 하기 위해 방을 나설 때 주춧돌이 젖어 있으면 비가 올 것을 예상하고 우산을 준비해야 하는 것처럼, 상대방의 작은 언행이나 주변의 사소한 조짐에서 결과를 예측하라는 뜻이다. 비가 오기 전에는 기온이 내려가고 습도가 높아져 주춧돌부터 촉촉하게 물기가 맺힌다고 하는데, 과학적으로도 근거가 있는 이야기라고 한다.

見微知著 (견미지저)

사소한 것에서 장차 벌어질 일을 안다.

중국 은나라의 마지막 임금이자 폭군의 대명사인 주왕이 식사를 할 때 상아 젓가락을 쓰겠다고 말하자 신하인 기자는 임금의 사치가 앞으로 더욱 심해질 것이라고 예언하며 나라를 걱정했다.

임금이 상아 젓가락을 쓰게 되면 그에 걸맞은 옥그릇을 찾게 될 것이고, 이어서 요리나 의복도 사치스럽게 될 것이라 생각했기 때문이었다. 이같은 기자의 예상은 적중해 주왕은 애첩 달기와 주지육림(酒池肉林)의 향락에 빠져 국정을 돌보지 않고 포락지형(炮烙之刑)과 같은 폭정을 일삼다가 결국 나라를 망하게 했다.

千丈之堤以螻蟻之穴潰 (천장지제 이루의지혈궤)

百拓之室以突隙之煙焚 (백척지실 이돌극지연분)

천길 제방은 땅강아지와 개미구멍으로 무너지고,

백 척 높은 집도 조그마한 연기 구멍 때문에 불이 난다.

한비자에 나오는 문장이다.

큰 재난은 방심과 사소한 부주의 때문에 일어난다. “호미로 막을 것을 가래로 막는다.”라는 우리나라 속담처럼 작은 결함이라고 대수롭지 않게 여겨 손을 쓰지 않으면 큰 재난을 당하게 된다. 또한, 가까운 사람과의 좋았던 관계도 아주 작고 하찮은 일에서 틀어지기 시작해 나중에는 되돌릴 수 없는 지경에 이르는 경우가 많다.

'깨진 유리창의 법칙'이라는 범죄심리 이론이 있다. 건물의 깨진 유리창을 그대로 방치해두면 지나가는 사람들이 그 건물을 '관리를 포기한 건물'로 생각해 나머지 유리창까지 모두 깨뜨리게 되고, 나아가 그 건물에서 범죄가 일어날 확률도 높아진다는 이론이다. 즉 깨진 유리창처럼 사소한 것을 방치한다면 나중에는 범죄와 같은 큰 일로 비화될 수도 있음을 의미하는 것이다.

일이 커지기 전에 초기에 처리했으면 쉽게 해결할 수 있었음에도 제때 대처를 못해 나중에 큰 낭패를 보거나 힘을 들이게 되는 경우를 주변에서 쉽게 볼 수 있다.

大觀小察 見小曰明 (대관소찰 견소왈명)

크게 보되 작은 것도 세밀하게 살펴라. 작은 것을 보는 것이 현명함이다.

남들이 생각하지 못한 사소한 것에서 진리를 깨달아야 한다. 공자는 "사람이 큰 산에 걸려 넘어지는 일은 없다. 대부분 발밑의 작은 돌부리 때문에 넘어진다."라고 했다. 진리는 작은 것 안에 있다. 작은 것에서 의미를 찾을 수 있는 명철한 지혜가 필요하다.

기업의 위기를 초기에 진단할 수 있는 다양한 조짐들에 늘 관심을 기울여야 한다.

모든 병은 예방이 최선이고, 조기 발견이 중요하다는 것은 누구나 잘 알고 있다.

"시간이 지나면 괜찮아지겠지." 하면서 차일피일 미루다가 작은 병을 키워 고생을 하게 되고 심하면 목숨까지 잃게 되는 경우도 있다.

개인이든 조직이든 작은 이상 징후를 발견해 조기에 대처한다면 새로운 변화와 발전의 계기가 될 수 있다는 점을 잊지 말아야 할 것이다.

# 음덕(陰德) 쌓기

우리는 흔히 어떤 사람에게 뜻하지 않던 좋은 일이 생기면 "그 사람, 평소에 음덕을 많이 쌓았나 보다."라는 말을 하곤 한다. 또한 집안에 크고 작은 경사가 있게 되면 그것이 자신들이 노력한 결과라 여기기보다는 조상님들이 생전에 쌓은 음덕 덕분이라며 감사해한다.

음덕이란 드러나지 않게 행하는 어질고 착한 덕행을 이르는 말인데, 성경 마태복음에도 "스스로 나팔을 불지 마라. 네가 자선을 베풀 때는 오른손이 하는 일을 왼손이 모르게 하라"라는 음덕과 같은 의미의 구절을 두고 있다.

陰德陽報 (음덕양보)

음지에서 덕을 쌓으면 양지에서 보답을 받는다.

사마천이 쓴 사기의 순리열전에 나오는 초나라 손숙오의 어린 시절 일화에서 유래한 말이다. 손숙오는 춘추시대 세 번째 패주가 된 초 장왕을 보좌했던 명재상이자 청백리이다.

손숙오가 어렸을 때의 일이다. 어느 날 밖에서 놀던 손숙오가 울면서 집으로 들어왔다. 어머니가 그 까닭을 묻자 손숙오가 대답했다.

"머리가 둘 달린 뱀인 쌍두사를 본 사람은 죽는다는 속설이 있는데, 오늘 밖에서 그것을 보았습니다. 이제 저는 곧 죽어 어머니 곁을 떠나게 될 것 같습니다."

어머니가 "그 뱀이 지금 어디에 있느냐?"고 묻자 손숙오가 다시 대답했다.

"다른 사람이 또 그 쌍두사를 보고 죽게 될까 봐 그 뱀을 죽여 땅에 묻었습니다."

어머니는 아들을 위로하며 말했다.

"음덕양보, 남모르게 덕을 쌓은 사람은 반드시 보답을 받는다. 네가 그런 갸륵한 마음으로 뱀을 죽인 것은 음덕이니, 그 보답으로 너는 결코 죽지 않을 것이다."

손숙오의 쌍두사 일화는 자신이 궁지에 빠지게 되면 다른 사람까지도 끌어들여 "나 죽고, 너 죽자"는 식의 물귀신 작전을 펴는 어른들을 부끄럽게 한다.

비록 자신은 불행해지더라도 다른 사람의 불행은 막겠다는 어린 손숙오의 아름다운 마음과 행동이 음덕이 되어 훗날 재상의 자리에까지 오를 수 있었던 것은 아닐까 하는 생각이 든다.

> 積善之家 必有餘慶 (적선지가 필유여경)
> 積不善之家 必有餘殃 (적불선지가 필유여앙)
> 선을 쌓은 집안은 반드시 남는 경사가 있고, 불선을 쌓은 집안에는 반드시 남는 재앙이 있다.

주역에 나오는 구절인데, 여기서 남는 경사 또는 남는 재앙이 있다는 것은 선이나 불선을 행한 사람의 당대는 물론이고 그 후손에게까지 경사 또는 재앙이 영향을 미친다는 뜻이다. 자신은 물론 후손을 생각해서라도 선을 쌓고 불선을 행하지 말아야 할 것이다.

天網恢恢 疏而不失 (천망회회 소이불실)

하늘의 그물은 성긴 듯 보이지만, 하나도 놓치는 것이 없다.

노자가 쓴 도덕경에 나오는 말이다. 비록 드러내지 않고 숨어서 쌓는 덕일지라도 하늘은 다 알고 있어서 언젠가 복을 내리고, 반대로 악한 자에게는 반드시 재앙을 내린다는 교훈이 담겨있다.

積金以遺子孫 未必子孫能盡守 (적금이유자손 미필자손능진수)

積書以遺子孫 未必子孫能盡讀 (적서이유자손 미필자손능진독)

不如積陰德於冥冥之中 以爲子孫之計也 (불여적음덕어명명지중 이위자손지계야)

돈을 쌓아 자손에게 물려줘도 자손이 능히 지키지 못하고,

책을 쌓아 물려준다 해도 자손이 그것을 다 읽는 것은 아니다.

차라리 음덕을 쌓아 자손을 위하는 계책으로 삼으라.

명심보감에 나오는 송나라 때의 학자 사마온공의 말이다.

음덕은 쌓지 않고 복을 받으려 하는 것은 씨앗을 뿌려 가꾸지 아니하고 수확을 거두려는 것과 다를 바 없다. 어렵게 살던 시절 조금씩 불어나는 은행 예금통장의 잔고가 힘든 일상의 피로를 잊게 하고 기쁨과 보람을 주었듯, 음덕을 쌓는 일 또한 자신과 후손의 삶에 즐거움과 행복을 줄 것이다.

# 한가위 보름달 낭만

한가위가 되면 사람들은 휘영청 밝은 보름달을 보며 고생 끝에 거둔 풍요로움에 감사하고 가족의 건강과 안녕을 기원한다.

아폴로 11호가 달에 인간을 최초로 착륙시키고 우주탐사선이 빈번하게 오가면서 달에 대한 신비감은 많이 약해졌지만, 사람들은 여전히 달을 보며 정겨움을 느끼고 상상력을 불러일으킨다. 아득한 옛날부터 민속신앙의 한가운데 있던 달은 나라마다 다양한 신화와 전설을 만들어냈다.

우리의 한가위에 해당하는 중국 중추절의 주인공은 달의 여신 항아(姮娥)라고 할 수 있다. 중국인들이 중추절에 즐겨 먹거나 선물하는 월병(月餠, 달떡 또는 달과자) 포장에는 달을 배경으로 아름다운 선녀가 그려져 있는 경우가 많은데, 그녀가 바로 항아이다. 우리나라에서도 문학 작품에서 미인을 지칭할 때 오랫동안 '월궁항아(月宮姮娥)'라는 표현을 자주 썼기에 항아는 크게 낯설지 않은 이름이다. 고전 「춘향전」에는 이몽룡이 춘향이를 처음 보았을 때 "마치 월궁의 항아 같구나." 라고 말하는 대목이 나오고, 이광수의 근대 계몽소설 「흙」에서도 주인공인 허숭이 가정교사 역할을 하던 윤 참판 집 딸 정선의 아름다움을 "달 가운데 사는 항아."라고 묘사한 부분이 있다.

오늘날 중국에서는 달 탐사 우주선의 이름을 '항아'라고 명명했는데, 수천 년 동안 전해오는 전설과 현대 첨단 과학기술의 만남이라는 점이 흥미롭다. 항아가 달의 여신이 된 자초지종에 대해서는 버전이 조금씩 달라진 재미있는 전설이 있다.

고대 중국 신화에 예(羿)라는 명궁이 있었다. 천상에 살고 있던 예는 천제(天帝)의 명령으로 미녀 아내 항아와 함께 인간 세계로 내려왔다. 그리고는 열 개의 해가 떠서 고통을 받고 있는 인간을 위해 아홉 개의 해를 활로 쏘아 떨어뜨리고 한 개만 남겨 놓았다. 이로 인해 예는 인간 세상을 구한 영웅으로 극진한 대접을 받으며 사람들과 함께 살게 되었는데, 아내인 항아는 인간 세상에서 사는 것이 불만이었다.

어느 날 예는 불로장생의 천도복숭아를 구하기 위해 곤륜산 서쪽에 살고 있는 삶과 죽음의 여신 서왕모(西王母)를 찾아갔다. 서왕모는 자신의 정원 반도원(蟠桃園)에 있는 복숭아 두 개를 따 예에게 주면서 항아와 하나씩 나눠 먹으면 함께 불로장생 하겠지만, 한 사람이 욕심을 내어 두 개를 다 먹으면 천신(天神)이 된다고 했다.

집으로 돌아온 예는 복숭아 두 개를 항아에게 맡기고 잠시 외출을 했는데, 그 사이에 항아가 복숭아 두 개를 모두 먹어 버렸다. 그러자 그녀의 몸이 하늘로 둥둥 떠서 달 속의 월궁으로 올라가게 되었고 그곳에서 선녀로 살아가게 되었다는 것이다.

그런데 유교 사상이 보급되면서 남편의 말을 거역하고 복숭아 두 개를 훔쳐먹고 달아난 여인이 달에서 선녀가 되어 잘 살고 있다는 것은 전설이라 해도 옳지 않다는 비판이 유학자들 사이에서 제기되었다. 이런 사회적 분위기로 인해 달 속의 항아는 벌을 받아 보기 흉한

두꺼비가 되었다는 전설로 버전이 조금 바뀌게 되었다. 이념적 필요성에 따라 전설의 일부 내용이 수정된 것이다.

우리나라 사람들은 달에서 계수나무와 떡방아 찧는 토끼를 상상해 왔다.

전설에 의하면 불심이 깊은 토끼가 굶주린 노인을 공양하기 위해 자기 몸을 스스로 불구덩이에 던졌는데, 이를 가상히 여긴 수호신이 토끼를 환생시켜 달에서 계수나무로 인간을 구제할 약을 만드는 절구질을 하며 지내게 했다고 한다.

> 擧頭望明月 低頭思故鄕 (거두망명월 저두사고향)
>
> 머리 들어 밝은 달을 바라보고, 고개 숙여 고향을 그리워한다.

달밤의 향수를 표현한 이백의 시 「정야사(靜夜思)」의 한 구절이다. '달' 하면 떠오르는 대표적 인물은 당나라 시인 이백이다. 이백은 하늘나라에서 귀양 온 신선, 즉 적선(謫仙)이라고 불릴 만큼 달을 좋아해 그의 시에는 술과 함께 달이 자주 등장한다. 술의 시인이자 달의 시인 이백은 채석강에서 술을 마시고 강물에 비친 달을 잡으려다 빠져 죽었다고 할 만큼 죽음조차도 달과 연관된 전설이 되었으니 여한이 없을 것 같다.

조선 시대 여인들에게는 달의 정기를 몸속 깊이 들이마셔 기력을 보강하는 흡월정(吸月精)이란 풍습이 있었다고 한다. 전통 음양설에 의하면 태양은 양이고 달은 음이며, 남자는 양, 여자는 음이라 여인들이 음기가 충만한 보름달의 정기를 받으면 임신과 출산에 좋다는 속설이 반영된 것이다.

올 한가위에는 동심의 세계로 돌아가 둥근 달을 바라보며 계수나무 아래 떡방아 찧는 토끼를 찾아보고, 선녀 항아나 두꺼비도 그려보는 상상력을 발휘한다면 더욱 즐겁고 재미있을 것 같다.

# 결국엔 사람이다

지인선용(知人善用)은 사람을 제대로 알아보고 잘 쓴다는 의미이다. 옛날이나 지금이나 조직의 리더가 해야 할 가장 중요한 일은 함께 일할 유능한 사람을 확보하는 것이다.

훌륭한 목수는 좋은 연장을 쓴다. 좋은 인재는 조직의 미래이자 경쟁력이다.

조직의 성패는 결국 능력 있는 인재를 얼마나 모아서 잘 쓰느냐에 달려 있다고 하겠다.

중국 춘추시대 제나라의 환공은 관포지교의 주인공인 관중과 포숙을 기용해 나라를 부강하게 만들고 춘추오패 가운데 첫 번째 패주가 된 인물이다.

한때는 제환공의 목숨까지 노렸던 정적이었지만, 포숙의 추천으로 재상이 된 관중은 "패자가 되기 위해서는 어떻게 해야 하는가?" 묻는 제환공에게 "유능한 인재를 알아보아야 하고(知人, 지인), 인재를 선발해서 써야 하고(用人, 용인), 인재를 적소에 배치해 소중히 여겨야 하고(重用, 중용), 인재를 믿고 권한을 주어야 하며(委任, 위임), 소인배는 멀리해야 한다(遠小人, 원소인)."는 다섯 가지를 제시했다.

이에 제환공은 집무실 밖 정원에 밤에도 횃불을 밝혀 놓고 출신에 구애받지 않고 밤낮으로 인재를 구하겠다는 의지를 행동으로 보여주었는데, 그의 이런 열성은 정료지광(庭燎之光)이라는 고사성어로 표현되었다.

> 爭天下者 必先爭人 (쟁천하자 필선쟁인)
>
> 천하를 얻으려 다투려거든 먼저 사람을 다투라.

주나라 문왕과 그의 아들 무왕을 도와 은나라를 격파한 태공망 여상(강태공)이 인재의 중요성을 강조하며 한 말이다.

공자가 가장 존경했다는 인물인 주공은 주 문왕의 아들이자 무왕의 동생으로, 강태공 같은 인재를 발탁해 주나라 건국의 기초를 닦았다.

인재를 중시했던 주공은 머리를 감다가도 인재가 찾아오면 세 번이나 머리를 움켜지고 나가서 인재를 맞았고(一沐三捉 일목삼착), 밥을 먹다가도 인재가 찾아오면 세 번이나 씹던 밥을 뱉어내고 그를 만났다(一飯三吐 일반삼토)고 한다.

공자는 '의인물용 용인물의(疑人勿用 用人勿疑)'라 말하며 사람이 의심스러우면 쓰지를 말고, 일단 썼으면 의심하지 말고 그가 능력을 충분히 발휘할 수 있도록 맡겨 두라고 했다.

춘추전국시대 자원이 빈약한 서부 내륙에서 후발주자로 출발한 진(秦)나라가 중국 최초의 통일제국을 이룰 수 있었던 것은 능력 위주의 인재 정책 덕분이다.

BC 7세기, 진 목공은 국적, 민족, 신분, 나이 등 네 가지 조건을 따지지 않고 등용하는 사불문(四不問) 인재 정책을 폈는데, 여기에 남녀불문만 추가한다면 오늘날의 대기업 인사 원칙과 비교해도 손색이 없다. 진 목공은 이러한 인재 정책을 통해 공손지, 백리해, 건숙 같은 훌륭한 신하들을 받아들여 나라를 부강하게 할 수 있었다.

泰山不讓土壤 (태산불양토양)

河海不擇細流 (하해불택세류)

태산은 한 줌의 흙도 사양하지 않고,

큰 강과 바다는 작은 물줄기도 가리지 않는다.

초나라 출신으로 진나라 승상이 된 이사가 진시황에게 올린 간축객서(諫逐客書)에 나오는 문장으로, 널리 인재를 등용함으로써 나라를 부강하게 만들라는 뜻이다.

진나라는 객경제도(客卿制度)를 통해 보다 많은 외국 출신 인재를 뽑았으며, 이러한 개방형 인재 등용으로 인해 진나라에서 승상을 지낸 인물은 자국 출신보다 다른 나라에서 온 사람이 오히려 더 많았다고 한다.

아무리 술맛이 좋아도 술집의 개가 사나우면 손님이 끊기듯, 훌륭한 인재가 찾아왔는데도 기득권 상실을 우려하는 토착 관료들이 사나운 개가 되어 그 사람을 헐뜯으면 인재들이 버티지 못하고 떠나게 된다.

이러한 인재 영입의 장애물 즉, 외부로부터 인재를 영입하는 것에 대한 내부자들의 배타성을 한비자는 맹구지환(猛狗之患)이라고 했는데, 오늘날의 조직에서도 이러한 맹구지환의 폐단을 흔히 볼 수 있다.

모든 조건이 항우에 비교할 수 없을 정도로 뒤지던 유방이 초한 전쟁에서 승리할 수 있었던 것은 자신의 부족한 능력을 인정하고 한신, 소하, 장량, 진평, 경포, 팽월 같은 유능한 인재를 받아들여 잘 활용한 덕분이다.

이에 반해 항우는 교만과 아집으로 유일한 책사인 범증마저 떠나보낸 뒤 사면초가의 해하 전투에서 패배해 서른한 살의 젊은 나이로 죽음을 맞았다.

삼국지 영웅들도 우수한 인재를 얻기 위해 노력을 아끼지 않았다.

유비는 제갈량을 얻고자 삼고초려(三顧草廬)를 했으며, 조조는 인재를 보는 통찰력이 뛰어나고 인재 욕심이 많아 순욱, 순유, 가후, 곽가, 정욱, 사마의 등 유능한 책사를 가장 많이 보유하고 있었다. 손권 또한 "귀기소장 망기소단(貴其所長 忘其所短)", 즉 상대방의 장점은 높이 평가해 주고, 그 단점은 눈감아주어야 한다고 말하며 인재를 소중하게 여겼다.

一年之計 莫如樹穀 (일년지계 막여수곡)
十年之計 莫如樹木 (십년지계 막여수목)
終身之計 莫如樹人 (종신지계 막여수인)
일 년의 계획은 곡식을 심는 것만 한 일이 없고,
십 년의 계획은 나무를 심는 것만 한 일이 없으며,
평생의 계획은 사람을 키우는 것만 한 일이 없다.

一樹一穫者穀也 (일수일확자곡야)

一樹十穫者木也 (일수십확자목야)

一樹百穫者人也 (일수백확자인야)

한 번 심어서 한 번 거두는 것은 곡식이고,

한 번 심어서 열 배를 얻는 것은 나무이며,

한 번 키워서 백 배를 얻는 것은 사람이다.

모든 문제의 시작과 끝은 사람이다. 문제를 일으키는 것도 사람이요, 그 문제를 해결하는 것도 사람이다. 치열한 경쟁의 시대에 살아남기 위해서는 인재는 단순히 데려다 쓰는 존재가 아니라 모셔와서 그의 말에 따라 주는 소중한 자산임을 잊지 말아야 할 것이다.

# 가을은…

가을은 단풍의 계절이다.

여름 내내 푸르름 일색이던 산과 나무들이 하나씩 둘씩 붉은색으로 또는 노란색으로 물들기 시작했다. 가을의 자연이 아름답고 사람들이 좋아하는 까닭은 울긋불긋 다양한 색깔의 단풍 때문이다.

단풍은 붉은색이 노란색을 강요하거나 배척하지 않고, 노란색은 붉은색을 강요하거나 배척하지 않는다. 단풍은 통일성을 요구하지 않고 서로의 다양한 색깔로 조화를 이루며 공존한다. 자기와 생각이 다른 사람을 경계하고 배척하는 사람들에게 단풍은 무언의 교훈을 전하고 있다.

君子和而不同 (군자화이부동)

小人同而不和 (소인동이불화)

군자는 조화를 이루지만 같음을 강요하지 않고,

소인은 같음을 중요시하지만 조화를 이루지 못한다.

가을은 낙엽의 계절이다.

이형기 시인은 '낙화'라는 시에서 "가야 할 때가 언제인가를 / 분명히 알고 가는 이의 / 뒷모습은 얼마나 아름다운가" 하며 거스를 수 없는 자연의 섭리와도 같은 이별을 노래했다.

나무는 한여름의 무성했던 잎에 미련을 두지 않고 하나도 남김없이 낙엽으로 떨구며 이별을 고한다. 여름철 비바람에도 끄덕 않고 버텨온 나뭇잎이지만, 계절의 순환이라는 자연의 섭리에 순응해 자신을 비우고 낮은 곳으로 내려앉는 것이다. 낙엽은 인간의 끝없는 탐욕과 집착에 대한 무언의 질책이다.

知足常足 終身不辱 (지족상족 종신불욕)
知止常止 終身無恥 (지지상지 종신무치)
만족할 줄 알아 늘 만족해하면 평생 욕됨이 없고,
그칠 줄 알아 늘 그친다면 평생 부끄러움이 없다.

가을은 결실의 계절이다.

한자 '가을 추(秋)'는 '벼 화(禾)'에 '불 화(火)'가 합쳐진 글자로, 뜨거운 햇볕을 받아 여문 곡식을 수확하는 계절이라는 의미를 담고 있다.

장석주 시인은 '대추 한 알'에서 "저게 저절로 붉어질 리는 없다 / 저 안에 태풍 몇 개 / 저 안에 천둥 몇 개 / 저 안에 벼락 몇 개"라고 노래했다.

가을의 풍요로움은 거저 생겨난 것이 아니며 지난날의 힘들고 어려운 시간을 견뎌낸 수고에 대한 보상이다.

가을은 천고마비(天高馬肥)의 계절이다.

천고마비는 가을을 수식하는 가장 대표적이고 오래된 단어 가운데 하나이다.

역사의 아픔이 서린 문장이 세월의 흐름 속에 가을을 미화하는 표현으로 바뀐 것은 역사의 아이러니다.

고대 중국에서 북방의 흉노족들은 매년 가을이 되어 하늘이 높아지고 말이 살찌는 시기가 되면 남쪽으로 쳐들어올 준비를 했다. 그것은 유목민인 흉노족이 혹독한 겨울을 나기 위한 생존의 방편이었다. 이 때문에 변경에 사는 한족들은 가을이 오면 걱정이 커질 수밖에 없었다. 천고마비는 당나라 시인 두보의 할아버지인 두심언이 북쪽 변방을 지키는 친구에게 '가을이 되어 머지않아 흉노의 침입이 있을 것으로 예상되니 조심하라.'며 보낸 안부 편지에서 유래된 말이라고 한다.

가을은 세월을 실감하는 계절이다.

느린 듯하면서도 빠르고, 긴 것 같으면서도 짧은 것이 시간이고 세월이다.

사람들은 이제 가을이 깊어지면서 하루하루 낮아지는 기온을 피부로 느끼며 올 한 해 남은 날들을 세기 시작한다. 저만큼 한 해의 끝자락이 보이고, 아쉬움과 조바심 속에서 해를 넘기기 전에 꼭 챙겨야 할 일과 내년으로 미룰 것을 구분하는 마음이 분주해진다.

이곳저곳에서 가을꽃 국화 전시회를 알리는 소식이 전해온다.

서릿발 속에서도 고고하게 피어나는 오상고절의 국화는 원숙한 삶의 아름다움을 느끼게 하는 꽃이다. 가꾼 이의 정성이 오롯이 담긴 국화 분재도 좋지만, 한적한 시골 길가에 핀 작고 소박한 소국도 사람들의 눈길을 끌기에 충분하다.

집을 나선 산책길에 고개 들어 하늘을 보니 구름 한 점 없이 파란 하늘이 눈에 가득 들어오는 상큼하고 기분 좋은 가을이 깊어간다.

# 영원한 그리움인 고향

한국전쟁 때 북한 지역에서 전사한 미군 유해 중 상당수가 송환되어 고향으로 돌아가게 되었다는 뉴스가 있었다. 낯선 이국땅에서 목숨을 잃은 지 칠십 년이 다 되어서야 한 줌 흙으로 자신의 조국, 그리운 고향으로 돌아가게 된 것이다.

수구초심(首丘初心)은 여우가 죽을 때가 되면 자기가 살던 굴이 있는 언덕 쪽으로 머리를 둔다는 의미로, 고향을 그리워하는 마음을 표현하는 말이다.

예전 사람들은 객지를 떠돌더라도 임종만큼은 고향에서 맞기를 원했고, 그것이 불가능한 경우에는 뼈라도 고향에 묻어 달라 유언을 하기도 했다.

오늘날에도 명절 때면 고향으로 가는 길은 도로를 가득 메운 차량들로 평소 보다 두 배는 더 시간이 걸리고 힘이 들지만 사람들은 그 귀성행렬에 동참하는 것을 마다하지 않는다. 언제 돌아가도 반겨줄 것만 같은 고향에 대한 친근감은 세월의 흐름에도 변함이 없다.

美不美 鄕中水 親不親 故鄕人 (미불미 향중수 친불친 고향인)

맛이 있고 없음을 떠나 물맛은 고향 물맛이 좋고, 친하고 친하지 않음을 떠나 사람은 고향사람이 좋다.

擧頭望明月 低頭思故鄕 (거두망명월 저두사고향)

둥근 달 떠오르면 고개 들어 달을 보고, 고개 숙여 고향 생각에 잠긴다.

이백의 인간적인 면모를 느끼게 하는 시 「정야사」(靜夜思)의 한 구절이다.

고향에 대한 그리움은 오래전부터 수많은 시와 노래의 소재가 되어 객지로 나온 사람들의 마음에 위안을 주었다.

예로부터 사람들은 출세하고 성공해서 고향에 돌아가는 것을 금의환향(錦衣還鄕)이라 하여 인생의 가장 큰 기쁨이자 보람으로 여겼다.

초한 전쟁 초기 항우가 진(秦)나라의 수도 함양에 입성해 진을 멸망시켰을 때 참모들은 지세가 견고하고 땅이 비옥한 함양을 초나라의 새 수도로 삼고 인근 관중을 발판으로 천하를 도모할 것을 권했다. 그러나 항우는 "내가 공을 세웠는데 고향에 돌아가 자랑하지 않으면 비단옷을 입고 밤에 돌아다니는 금의야행(錦衣夜行)이 아니고 무엇인가. 비단옷을 입었으면 고향으로 돌아가는 것이 마땅하다."라며 부하들의 의견을 무시한 채 함양 궁궐을 불태우고 금은보화를 챙겨 초나라의 작은 도읍 팽성으로 돌아갔다.

이 일화에서 금의환향(錦衣還鄕)과 금의야행(錦衣夜行) 고사성어가 유래되었다.

이처럼 항우가 관중을 차지하고도 그 지리적 이점을 활용하지 않고 포기함에 따라 얼마 후에는 경쟁자인 한나라 유방이 관중을 차지해 버렸고, 그는 결국 항우를 물리치고 초한 전쟁의 승리자가 되었다.

함양과 팽성의 전략적 가치 판단은 다를 수 있겠지만, 고향 팽성으로 금의환향하고 싶어 했던 항우의 인간적인 마음만은 탓할 수 없을 것 같다.

고향으로 돌아온다는 의미의 환향(還鄕)과 관련해서는 우리 역사의 아픈 기억도 있다. 조선 인조 시대, 청나라의 침입에 속수무책으로 항복한 병자호란의 결과 많은 백성이 포로가 되어 고향을 떠나야 했다. 그들 중 일부는 몸값을 지불하거나 도망을 치거나 해서 고향으로 돌아올 수 있었는데, 그처럼 고향으로 돌아온 사람들 가운데 특히 여자들을 일러 환향녀(還鄕女)라고 부르며 마치 정조를 저버린 여자인 양 멸시하는 풍조가 있었다. 이러한 사회적 분위기에 차마 집으로 돌아가지 못하고 임진강에 몸을 던진 여인들이 부지기수로 많았다고 한다. 지켜주지 못해 미안해하고 용서를 구했어야 함에도 적반하장으로 피해자인 여인들에게 책임을 덮어씌운 당시의 남자들은 부끄러움을 느껴야 할 것이다.

小時是兄弟 長大各鄕里 (소시시형제 장대각향리)

어릴 때는 형제가 한 집에서 우애를 키우며 살지만, 성장한 뒤에는 자기 앞가림하기에 바빠서 뿔뿔이 흩어져 지낸다.

직장을 은퇴한 후 여유로운 시골 생활을 꿈꾸며 귀향하는 사람들이 늘고 있다. 그런데 고향을 찾은 사람 가운데 일부는 그동안 고향을 지키며 살아온 토박이들과 갈등을 겪기도 하는 모양이다. 오랜 세월에 시골의 인심도 많이 변하고 각박해진 것이 사실이다. 귀향에 앞서 그들의 사고와 생활방식을 이해하고 적응하려는 자세가 필요할 것이다.

급속한 산업화와 도시화의 영향으로 이제는 옛날같이 정감 있는 고향은 사라졌고, 멀리 있는 친척이 가까운 이웃보다 못한 것도 어쩔 수 없는 현실이 되었다.

지금의 어린이들이 어른이 될 때쯤이면 이은상의 「가고파」나 정지용의 「향수」에서 옛 고향 집과 늙으신 부모님의 모습을 아련하게 떠올리는 일은 거의 없을 것 같다.

# 노블리스 오블리제(Noblesse oblige)

요즘 우리나라에는 정치, 경제, 사회, 문화 등 어느 분야를 둘러보아도 진정으로 존경할 만한 사람을 찾기 힘들다는 이야기를 종종 듣게 된다.

많은 정치인이 후안무치한 언행과 내로남불이라는 이중적 잣대로 국민을 농락하고 있다. 탈세, 배임, 갑질 등으로 뉴스에 오르내리는 일부 기업인의 인성과 행태는 졸부, 천민자본주의의 전형을 보는 것 같다. 순수를 기치로 해야 할 문화, 예술, 체육 분야의 몇몇 인사도 도덕성에서 별반 나을 것이 없어 보인다.

비록 그들이 자신의 분야에서 높은 지위에 오르고 이름을 날렸는지는 몰라도, 존경할 만한 사람과는 거리가 먼 경우가 많다. 우리나라 지도층에게 노블리스 오블리제가 얼마나 절실한가를 느끼게 하는 현실이다.

노블리스 오블리제는 사회적 지위와 명예에 상응하는 도덕적 의무를 말하는데, 고대 로마 시대 왕과 귀족들이 보여준 투철한 도덕의식과 솔선수범하는 정신에서 비롯되었다. 지도층의 노블리스 오블리제는 계층 간의 대립을 완화하는 최고의 덕목으로, 특히 전쟁과 같은 위기상황에서는 국민을 통합하고 역량을 모으는데 크게 기여한다.

14세기 영국과 프랑스의 백년전쟁 당시 영국 왕 에드워드 3세는 치열한 전투 끝에 프랑스의 항구도시 칼레를 점령하게 되었고, 칼레의 시민들은 모두 처형당할 위기에 놓였다. 이때 영국 왕은 칼레의 지도자급 인사 여섯 명을 넘기면 나머지 시민들은 살려주겠다고 했다.

이에 피에르라는 부자가 먼저 자원했고, 이어 고위 관료와 변호사 등 상류층 인사 여섯 명이 죽음을 각오하고 스스로 자신의 목에 밧줄을 감은 채 영국 왕 앞으로 나갔다. 다행히 임신 중인 왕비의 간청으로 영국 왕은 이들의 목숨을 살려주었다.

이후 칼레 여섯 시민의 용기와 희생정신은 노블리스 오블리제의 상징이 되었으며, 훗날 오귀스트 로뎅은 그들의 모습을 '칼레의 시민'이라는 조각상으로 만들어 오늘날까지 그들의 일화가 전해지고 있다.

삼취삼산(三聚三散)은 재산을 세 번 모았다가 세 번 나누어준 범려의 행위를 일컫는 말이다.

범려는 중국 춘추시대 말엽 와신상담이라고 하는 오월쟁패의 드라마틱한 전개 과정에서 월왕 구천을 도와 오왕 부차를 멸망시키는데 가장 큰 공을 세운 정치가이자 군사 전문가이다.

오나라가 망한 후 범려는 천하를 나누자는 월왕 구천의 제안도 거절하고 모든 기득권을 포기한 채 월나라를 떠났다. 토사구팽의 위험을 의식한 행동이었다.

범려는 제나라로 가서 상업활동으로 큰 돈을 벌었고, 그 후 도 땅으로 이주해 다시 거금을 모았다. 범려는 이렇게 세 번이나 재산을 모은 뒤 그것을 모두 이웃에게 나눠주었는데, 여기서 삼취삼산 고사성어가 나왔다.

이렇듯 범려는 자신이 모은 재산을 이웃에 베푸는 노블리스 오블리제를 실천함으로써 오늘날까지도 중국인들이 가장 이상적인 모델로 내세우는 상인이자 상업의 신으로 추앙받고 있다.

君子有終身之憂 無一朝之患 (군자유종신지우 무일조지환)

군자에게는 종신지우가 있을 뿐 일조지환은 없다.

동양에서도 노블리스 오블리제는 오래전부터 강조되어 왔다.

맹자는 백성들을 위해 헌신하는 지도자로서 평생 가슴에 간직해야 할 근심을 종신지우(終身之憂)라고 했는데, 노블리스 오블리제와 같은 의미라고 할 수 있다.

종신지우에 대비되는 개념은 일조지환(一朝之患)으로, 이는 돈과 권력 같은 개인의 안위와 출세에 관한 걱정이다. 맹자는 잠시 왔다 사라지는 일조지환의 근심은 지도자가 가질 걱정거리가 못 된다고 했다.

우리나라 역사에서도 노블리스 오블리제를 실천한 인물이 적지 않다.

임진왜란 때 임금은 궁궐과 백성을 버리고 의주로 도망을 갔지만, 벼슬에 있지도 않던 선비들은 가산을 정리해 의병을 일으켜 왜적에 맞섰다. 정조 때 제주도의 거상 김만덕은 흉년에 고통받는 사람들을 위해 전 재산으로 쌀을 사서 나눠 주었다.

경주 최씨 가문은 육훈(六訓)이라는 가훈을 대대로 계승하며 실천했는데, 재산은 만 석을 넘지 마라, 흉년에는 땅을 사지 마라, 며느리들은 3년 동안 무명옷을 입어라, 사방 백 리 안에 굶어 죽는 사람이 없게 하라 등이 그것이다. 일제시대에는 이회영, 이상룡 같은 우국지사들이 명문 가문의 안락한 생활을 포기하고 전 재산을 처분해 독립

운동을 하며 고생을 마다하지 않았다.

人固有一死 (인고유일사)
死有重於泰山 (사유중어태산)
或輕於鴻毛 (혹경어홍모)
사람은 누구나 한 번 죽지만,
그 죽음에는 태산보다 무거운 죽음도 있고,
깃털보다 가벼운 죽음도 있다.

중국 한나라 때 사기의 저자 사마천이 친구에게 보낸 편지에 썼던 문장이다.

어떤 죽음을 맞이하는 가는 전적으로 그 사람의 삶이 담보한다. 살아서 영화를 누릴 것인가 아니면 죽어서 이름을 남길 것인가의 선택은 각자의 몫이다.

한국전쟁 때 미군 장성의 아들들이 142명이나 참전해 35명이 목숨을 잃거나 부상을 당했다고 한다. 온갖 수단과 방법으로 본인 또는 자식의 병역을 면탈해 온 우리나라 일부 지도층은 부끄러움을 느껴야 할 것이다.

공자는 "어떻게 살 것인가?" 하는 물음을 늘 자신에게 던지며 사는 사람은 인생을 허투루 살지 않는다고 했다.

경제는 어려워지고 사회적 갈등의 골은 깊어지고 있다.

부와 계층이 고착화되는 사회구조 속에서 노블리스 오블리제를 솔선수범하는 지도층의 아름다운 모습을 많이 보고 싶다.

# 아름다운 복수, 용서

지난 역사를 살펴보면 복수를 위해 목숨을 걸었던 사람이 많이 나온다.

중국 속담에 "은혜와 원수는 대(代)를 물려서라도 갚는다.", "한 톨의 은혜, 한 푼의 원한도 갚는다."라는 말이 있다. 은혜뿐만 아니라 원한도 잊지 말고 반드시 갚아야 한다는 말이다. 중국은 예로부터 복수가 일상화하여 인기 드라마나 영화, 무협 소설 등의 밑바탕에는 거의 예외 없이 이런 은원관(恩怨觀)이 깔려 있다.

중국 불멸의 역사서 사기를 쓴 사마천은 한나라 무제 때 흉노 정벌에 나섰다가 적에게 항복한 이릉 장군을 옹호한 죄로 억울하게 사형 선고를 받았고, 이로 인해 죽음보다 치욕스럽다는 궁형(거세형)을 당해야 했다. 사마천은 사기에 다양한 복수 이야기를 소개하는 것으로 인간의 본성을 통찰함으로써 자신의 한과 울분을 글로 되갚는 문화 복수라는 새로운 개념을 창조해 내기도 했다.

날은 저물었는데 갈 길은 멀다는 뜻의 일모도원(日暮途遠)은 시간이 촉박해 목표를 달성하기 어렵다는 의미를 담고 있다. 굴묘편시(掘墓鞭屍)는 묘를 파헤쳐 시체에 매질을 가한다는 뜻으로, 통쾌한 복수나

도를 넘는 지나친 행동을 일컫는 말이다.

위에 언급한 일모도원과 굴묘편시 두 고사성어는 복수의 화신으로 일컬어지는 오자서로부터 유래되었다.

오자서는 춘추시대 초나라 평왕 때 간신 비무극의 모함을 받아 아버지와 형이 죽는 등 멸족의 위기를 맞았고, 천신만고 끝에 오나라로 탈출해 평생을 가문의 원수를 갚는데 바친다. 오자서는 마침내 오나라 왕 합려의 도움으로 군사를 이끌고 초나라를 공격해 수도를 함락시킨 뒤, 이미 죽은 평왕의 시신을 무덤에서 꺼내 삼백 번의 매질을 가하는 굴묘편시로 복수를 했다.

친구인 신포서가 그 같은 행동이 천리에 어긋나는 일이라며 비난하자 오자서는 "해는 지고 갈 길은 멀어 도리에 어긋난 일을 할 수밖에 없다."라는 말을 남겼다.

복수에 대한 오자서의 집념은 죽는 순간까지도 계속되었다. 합려의 뒤를 이어 오나라 왕이 된 부차가 간신 백비의 모함에 빠져 오자서에게 자결을 명하자 오자서는 독설이 가득 담긴 유언을 남기고 자결했다.

"내 무덤 위에는 가래나무를 심어 오왕 부차의 관을 짤 목재로 쓰도록 하라. 그리고 내 두 눈을 빼내 동문에 매달아 월나라 군사들이 쳐들어와 오나라를 멸망시키는 것을 볼 수 있도록 하라."

땔나무 위에 누워 자고, 쓰디쓴 쓸개를 맛본다는 의미의 와신상담(臥薪嘗膽)은 원수를 갚으려 하거나 실패한 일을 다시 이루고자 굳은 결심으로 어려움을 참고 견디는 것을 비유하는 대표적인 고사성어이다.

춘추시대 오왕 합려가 월왕 구천을 공격하다가 대패하고 전사하자

아들인 부차는 가시가 많은 장작 위에서 잠을 자며(臥薪 와신) 복수를 다짐했고, 얼마 후에는 월왕 구천을 굴복시켰다. 이때 굴욕을 당한 월왕 구천 역시 오나라 회계산에서 겪은 치욕을 잊지 않기 위해 매일 쓰디쓴 쓸개를 핥으며(嘗膽 상담) 치밀하게 복수를 준비해 드디어 오나라를 무너뜨리고 오왕 부차를 죽임으로써 복수에 성공했다.

알렉상드르 뒤마의 '몬테크리스토 백작'은 복수와 관련된 고전 중 하나다.

프랑스 마르세이유 출신의 젊고 유능한 주인공 에드몽 당테스라는 선원은 능력을 인정받아 선장 승진을 앞두고 있었다. 긴 항해를 마치고 돈을 벌어 고향으로 돌아온 그는 약혼녀와의 결혼도 곧 올릴 예정이었다.

그러나 그의 결혼을 질투하는 사람과 선장으로의 출세를 시기한 사람들에 의해 나폴레옹 지지자로 모함을 받아 당테스는 죄질이 나쁜 사람들과 정치범들이나 수용되는 외딴 섬의 지하 감옥에 수감된다.

수감된 지 14년 만에 당테스는 탈옥에 성공하고, 옆방에 수감되어 있던 노인이 알려준 몬테크리스토섬에 숨겨진 보물을 찾아 엄청난 부자가 된다. 그리고 얼마 후 당테스는 몬테크리스토 백작이라는 이름으로 파리에 나타나 젊은 날 자신의 모든 것을 빼앗고 파멸의 구렁텅이에 빠뜨렸던 사람들을 상대로 완벽한 복수극을 전개한다.

워낙 유명한 고전 소설인데다 영화로도 제작되어 많은 사람이 그 줄거리를 알고 있는 알렉상드르 뒤마의 몬테크리스토 백작은 한 젊은 남자의 끔찍한 파멸과 극적인 부활, 그리고 처절한 복수라는 구성으로 독자들에게 감동과 쾌감과 카타르시스를 준 작품이다.

복수와 보복은 오늘날에도 개인과 개인은 물론 조직과 조직, 국가와 국가 간의 관계에서 다양하게 자행되고 있다. 정권이 바뀌면 여지없이 정치 보복 논쟁이 일고, 보복 운전, 보복 폭행, 보복 공격, 보복 관세 같은 뉴스가 수시로 매스컴을 탄다.

보복과 복수 이야기는 듣는 입장에서는 재미있고 통쾌할 수도 있겠지만, 필연적으로 또 다른 복수와 보복을 부르게 마련이므로 그 악순환의 고리는 끊어져야 한다.

남아공의 흑인 지도자 만델라가 존경을 받는 것은, 그가 최초의 흑인 대통령이 되었기 때문이 아니라 오랜 기간 자신과 흑인들을 핍박했던 백인들을 용서하고 그들과 화해했기 때문이다.

복수의 원한을 갖고 산다는 것은 결국 자신의 삶도 망치는 일이다. 마음속에 원한과 분노라는 칼을 품고 있으면 상대를 찌르기 전에 자기 심장이 먼저 찔리기 십상이다.

한순간의 복수를 위해 일생을 허비하지 말고, 용서를 통해 한을 풀어야 할 것이다. 기억하되 용서하는 것이 가장 아름다운 복수라고 했다.

# 뒷간에서 화장실까지

쾌변은 쾌면과 함께 건강한 삶의 필수 조건이다.

마음이든 몸이든 비워야만 채울 수가 있다. 인간의 가장 기본적인 생리현상 가운데 하나인 배설이 이루어지는 장소는 예로부터 뒷간, 측간, 통시, 똥통, 똥간, 작은 집, 변소 등 다양하게 불려 왔으며, 최근에야 화장실이 보편적인 용어로 자리를 잡았다.

절에서는 화장실을 해우소(解憂所)라고 부르는데, 근심을 풀어주는 곳이라는 뜻이다. 어렵사리 참았던 용변을 보기 위해 찾은 해우소는 무엇에도 견줄 수 없는 기쁨과 해방감을 주는 극락일 수 있다는 점을 고려한다면 적절한 표현이라 하겠다.

옛날 푸세식 변소를 사용하며 자란 세대에게 오늘날의 수세식, 좌식, 게다가 비데까지 설치된 화장실은 그야말로 꿈같은 공간이다. 재래식 변소에 쪼그리고 앉았다가 주머니 속의 동전이나 구슬 같은 소지품을 밑으로 빠뜨려 본 경험이 한두 번씩은 있을 것이다.

요즘 아파트는 두 개의 화장실이 있는 곳이 많지만, 옛날 주택은 대가족이 함께 살고 있음에도 화장실은 하나뿐이어서 아침이면 먼저 일을 보려고 경쟁하기도 했고, 차례를 기다리는 사람은 안에서 일을 보고 있는 사람에게 빨리 나오라고 문을 두드리며 재촉을 하는 진풍경도 벌어졌다. 화장실은 그 오랜 역사만큼이나 연관된 일화나 고사 또한 많이 전해온다.

옛날 사람들은 부뚜막의 조왕신처럼 우물, 장독대, 대문, 통시(변소) 등 집안 곳곳에 귀신들이 살고 있다고 믿었는데, 그 귀신들 가운데 통시 귀신이 가장 무섭다고 했다. 이유인즉슨 마을 사람들이 통시에서 갑자기 죽는 일이 종종 발생했기 때문이다.

아마도 고혈압이 있는 사람이 통시에서 급하게 힘을 주며 일을 보다가 순간적으로 혈압이 높아져 뇌출혈을 일으키거나 급성 심장마비로 사망했을 것으로 짐작되는데, 의학이 발달하지 못하고 지식이 부족했던 옛날에는 통시 귀신이 잡아갔다고 여겼던 것 같다.

통시 귀신에 대한 무서움은 "빨간 보자기를 줄까? 파란 보자기를 줄까?" 하는 할머니의 옛날이야기를 통해 아이들에게까지 전해져 아이들은 귀신이 나올까 봐 밤에 변소에 가는 것을 여간 무서워한 것이 아니었다.

옛사람들은 무서운 통시 귀신에 잡혀가는 것을 방지하기 위해 통시에 앉아서 밖을 보며 느긋하게 볼일을 보라고 통시의 문을 아예 만들지 않거나 낮고 작게 만드는 지혜를 발휘하기도 했다.

중국 전국시대 초나라 출신인 이사는 진(秦)나라 승상이 되어 진시황을 보좌해 전국 통일을 이루고 여러 개혁정책을 추진한 인물이다.

이사가 초나라에서 하급 관리로 있던 젊은 시절, 하루는 측간(변소)에 갔더니 빼빼 마른 쥐가 더러운 것을 먹고 있다가 사람을 보고 놀라 황급히 달아났다. 또 한 번은 곡식 창고엘 갔는데 그곳에 있던 살

찐 쥐들은 이사를 보고도 놀라거나 도망치지 않고 여유롭게 곡식을 먹고 있었다.

그 광경을 본 이사는 "사람의 뛰어남과 못남 또한 저 쥐들과 같다. 재소자처(在所自處), 즉 사람은 자신이 처해 있는 곳에 따라 신분과 인생이 달라질 수 있다."라는 깨달음을 얻었다. 그 후 이사는 비전이 별로 없다고 생각한 초나라 하급 관리직을 그만두고 순자의 문하생이 되어 천하를 다스리는 법을 배웠고, 신흥 강국 진나라로 가서 진시황의 책사가 되었다.

비육지탄(髀肉之嘆)이란 할 일 없이 놀고먹기만 해 넓적다리에 살만 찌는 것을 한탄한다는 뜻으로, 의미 있는 일을 하지 못하고 헛되이 세월만 보내는 것을 비유하는 말이다.

소설 '삼국지'에서 유비는 조조에게 쫓겨 이곳저곳을 떠돌다 형주자사 유표에게 의탁해 세월을 보내고 있었다.

어느 날 유표와 술잔을 기울이다가 변소에 간 유비는 바지를 내리고 앉아 용변을 보며 살이 두둑하게 오른 자신의 넓적다리를 보았다.

문득 신세가 한심스러워진 유비는 자신도 모르게 눈물을 흘렸다. 용변을 마치고 돌아온 유비에게 유표가 물었다.

"무슨 일이 있었소?"

유비가 한숨을 쉬며 대답했다.

"예전에는 몸이 하루도 말 안장을 떠난 적이 없어 넓적다리에 살이 오를 틈이 없었는데, 이제 보니 살이 두둑이 올라 있습니다. 말을 타고 전장을 누빈 지 오래됐기 때문인가 봅니다. 헛되이 세월을 보내며 몸마저 늙으니 서러움에 눈물이 났습니다."

好人同行 如霧路中 (호인동행 여무로중)

無識人同行 如厠中坐 (무식인동행 여측중좌)

좋은 사람과 함께 지내면 마치 안개 속을 걷는 것처럼 그의 인품과 향기가 몸에 배어들고, 무식한 사람과 같이 있으면 뒷간에 앉아 있을 때 고약한 냄새가 몸에 배는 것처럼 자신도 모르게 나쁜 영향을 받게 된다.

옛날 뒷간은 역한 냄새가 심해서 일을 서둘러 마치고 나와야 했지만, 요즈음 관리가 잘 된 화장실에서는 냄새가 거의 나지 않는다.

어떤 직장인들은 깨끗하고 쾌적한 화장실 좌변기에 앉아 잠시 눈을 붙이거나 사색에 잠기기도 하고, 심지어 커피나 간식을 먹기도 한다고 하니 명심보감의 좋은 문장이 실감 나지 않을 만큼 세월의 흐름에 화장실도 많이 변했다.

# 용(龍), 성공의 꿈과 희망을 품다

중국 한나라 시대의 역사가 사마천이 지은 사기에는 한 고조 유방의 얼굴이 용을 닮았다고 하여 용안(龍顏)이라 했다는 기록이 있다.

그 후 용은 황제 또는 왕을 상징하여 임금의 얼굴을 용안, 임금이 입는 옷을 곤룡포, 앉는 의자를 용상으로 불렀으며, 세종은 조선 건국의 시조들을 여섯 용에 비유해 칭송한 장편 서사시 용비어천가(龍飛御天歌)를 짓기도 했다.

우리나라에서는 용을 '미르'라는 고유어로 부르기도 했는데, 지난 정권의 국정농단 사건에서는 미르재단 설립이 문제가 되어 세인의 관심을 받기도 했다.

중국 사람들은 망자성룡(望子成龍)이라 하여 자녀가 용처럼 훌륭한 인물이 되기를 바라며 양육한다고 한다. 중국인들에게 "망자성룡(왕츠청룽)!"이라고 덕담을 하면 크게 기뻐한다고 하니 기회가 되면 한 번 사용해봄직하다.

용은 실존하는 것이 아니라 상상의 동물이기에 그 외모나 성격 등은 지역과 시대에 따라 차이가 있다. 동양에서 용은 상서로운 동물로 서쪽을 지키는 백호와 더불어 동쪽을 지키는 수호신으로 인식되었다. 그러나 서양에서의 용, 드래곤(Dragon)은 태초의 무질서를 상징하며, 재앙을 초래하는 괴물 또는 사악한 짐승으로 퇴치해야 할 대상으로 취급되어 왔다.

용은 고대 중국의 신화집인 '산해경'에 처음으로 그 모습이 나오는데, 지금 우리에게 친숙한 용의 모습은 한나라 이후에 정착된 것으로, 머리는 낙타, 뿔은 사슴, 눈은 토끼, 귀는 소, 몸통은 뱀, 배는 조개, 비늘은 잉어, 발톱은 매, 발바닥은 호랑이를 닮았다고 했다. 아무도 본 사람이 없는 상상 속의 동물에 대한 이러한 묘사는 난센스일 수도 있겠지만, 용을 그림으로 그려야 하는 화공들의 입장에서는 도움이 되었을 것이다.

용 문양에 있어서 발톱의 수는 권력의 위계를 나타내 황제의 용은 다섯 개, 왕은 네 개, 제후는 세 개의 발톱을 가진 것으로 묘사되었다.

주역에서는 사람은 탄생에서부터 죽음까지 일정한 단계가 있다고 보고, 인간의 운명을 물 속의 용이 내공을 키워 물 밖으로 나온 뒤 하늘 가장 높은 곳까지 날아올랐다가 다시 내려오는 다섯 단계로 비유해 잠룡(潛龍), 현룡(見龍), 약룡(躍龍), 비룡(飛龍), 항룡(亢龍) 등으로 설명하고 있다.

상대방이 수치스럽게 생각하는 약점을 함부로 건드리면 결국 큰 화를 입는다는 것이 한비자에 나오는 역린지화(逆鱗之禍)이다.

용은 평소 온순한 동물이지만 자칫 목덜미에 있는 한 자 정도 길이의 거꾸로 난 비늘, 즉 역린을 건드리면 그 사람을 반드시 죽여 버린다고 한다.

춘추전국시대 여러 나라를 돌며 자신의 의견과 지략을 군주에게 설명하고 정치에 참여하던 사람들을 유세객(遊說客)이라 불렀는데, 한비자는 유세객들이 군주의 약점을 잘못 건드리면 목숨마저 잃게 된다며 역린지화의 위험을 경고했다.

역린지화는 오늘날에도 대화나 협상에서 성공 여부의 관건이 된다. 뿐만 아니라 가족 간이나, 상사와 부하직원, 친구 사이에도 상대방의 약점, 콤플렉스를 건드리면 회복하기 힘들 정도로 관계가 벌어질 수 있으니 말을 할 때는 늘 조심해야 할 것이다.

옛날에 어떤 사람이 많은 돈과 노력을 들여 용을 잡는 기술을 힘들게 익혔는데, 용은 전설 또는 상상으로만 존재하기에 현실에서는 아무 쓸모가 없었다.

이처럼 힘들게 익힌 기술이나 학문이 쓸모없게 된 것을 도룡지기(屠龍之技)라고 한다.

오늘날 놀랍도록 빠른 기술발전 특히 AI, 인공지능의 발전은 앞으로 많은 분야에서 도룡지기를 양산하게 될지도 모른다. 젊은이들은 장래의 진학과 직업을 결정할 때 이 점을 신중하게 고려해야 할 것 같다.

중국의 황하 상류에 용문이라는 곳이 있는데, 물살이 세어 물고기들이 그곳을 넘지 못한다. 그러나 더러는 힘이 센 잉어가 그곳을 뛰어넘기도 하는데, 그런 물고기는 신통력을 얻어 용이 된다는 전설이 있다.

위 전설에서 등장한 등용문(登龍門)은 옛 과거시험이나 현대의 고등고시처럼 입신양명과 신분 상승을 단숨에 이룰 수 있는 관문을 비유적으로 의미하는 말이다.

몇 년 전에 사법시험이 폐지되고 학비가 많이 드는 로스쿨(법학전문

대학원) 제도가 도입되어 가정환경이 어려운 젊은이들의 등용문 하나가 사라지고 말았다. 아쉬움이 남는 조치라고 생각된다.

용 꿈이 꿈 가운데 최고의 꿈으로 인정받듯이, 용에는 오랜 세월 동안 사람들의 꿈과 희망이 담겨 왔다. 신화와 전설 속의 동물인 용이 첨단산업이 발달한 오늘날에도 각종 영화나 게임, 미술 등을 통해 사람들과 친숙함을 더하고 있는 현상도 흥미로운 일이다.

# 궁(窮)하면 통(通)한다

窮則變 變則通 通則久 (궁즉변 변즉통 통즉구)

궁하면 변하고, 변하면 통하고, 통하면 오래간다.

주역에 나오는 문장으로 궁즉통(窮則通), 즉 '궁하면 통한다.'라고 줄여서 쓰는 말이 사람들에게 더 친숙하다.

'궁하면 통한다.'는 긍정의 힘은 어려운 상황에서 답을 찾게 하는 동기가 된다.

적벽에서 제갈량은 하룻밤 사이에 화살 십만 개를 마련해 무(無)에서 유(有)를 창조한다는 무중생유(無中生有)를 입증해 보였으며, 임진왜란 때 모함으로 투옥되고 이후 백의종군을 하며 고립무원의 처지였던 이순신 장군은 불과 열두 척의 배로 그 열 배가 넘는 왜군을 물리치는 명량대첩을 거뒀다.

"어려움이 닥치고 모든 일이 어긋난다고 느낄 때나 이제 단 일 분도 더 견딜 수 없다는 생각이 들 때, 그래도 포기하지 말라. 바로 그때, 바로 그곳에 다시 기회가 올 것이기 때문이다."

링컨 대통령의 남북전쟁에 큰 영향을 준 해리엇 비처 스토우 부인이 쓴 소설 '톰 아저씨의 오두막'에 나오는 문장이다.

君子固窮 小人窮濫 (군자고궁 소인궁람)

군자는 어려울수록 단단해지고, 소인은 어려워지면 포기하고 무너진다.

중국 한나라 무제 때의 사관(史官)이었던 사마천은 억울하게 사형선고를 받은 뒤 궁형(거세형)을 당하는 치욕 속에서도 불멸의 역사서 사기 130권을 완성해 오늘날까지 많은 사람으로부터 사성(史聖) 즉, 역사의 성인으로 추앙받고 있다.

조선 후기 정약용은 귀양을 간 전라도 강진에서 수백 권의 책을 저술하는 등 자신의 학문을 완성했고, 김정희는 제주도 유배지에서 추사체를 완성하고 국보 180호로 지정된 '세한도'를 남겼다.

독일의 베토벤은 청각이 마비된 상태에서 합창 교향곡 등 불후의 명곡을 작곡했으며, 미국의 헬렌 켈러는 선천적인 시각과 청각의 중복장애에도 불구하고 대학을 우등생으로 졸업한 후 장애인 복지사업에 크게 기여했다.

이들은 삶의 고난과 시련 앞에서 끝까지 좌절하지 않고 인생의 소중한 성과물을 만들어 낸 것이다.

어려운 환경에 처했을 때 그것을 극복하려는 방안을 찾는 것은 식물도 마찬가지이다.

대나무는 뿌리로 번식하기 때문에 평소에는 꽃이 안 피지만, 뿌리 번식이 불가능해지면 단 한 차례 꽃을 피워 종자를 맺은 다음 말라 죽는다. 동양란은 수분과 영양이 부족한 거친 생육조건이 되면 오히려 더 아름답고 향기로운 꽃을 피운다.

동양의학에 나오는 회광반조(廻光返照) 역시 궁즉통과 맥을 같이 하는 개념으로 볼 수 있다. 회광반조는 질병이나 노환으로 임종이 가까워진 사람이 잠시 기력을 회복하고 온전한 정신이 돌아오는 현상을 말하는 것으로, 이는 촛불이 꺼지기 직전에 한 차례 밝게 불꽃을 일으키는 현상과 같다고 하겠다.

"Stay hungry, Stay foolish(항상 갈망하고, 항상 우직하게 나아가라)."

애플의 창업자 스티브 잡스가 스탠포드대학 졸업식 축사에서 강조했던 문장으로, 많은 사람에게 감동을 주었던 명연설의 한 부분이다. 현실에 안주하거나 역경에 포기하지 말고 보다 나은 삶을 꿈꾸며 끊임없이 도전하라는 당부의 말이다.

自信者人亦信之 吳越皆兄弟 (자신자인역신지 오월개형제)
自疑者人亦疑之 身外皆敵國 (자의자인역의지 신외개적국)
자기 자신을 믿는 사람은 남들 역시 그를 신뢰하므로 오나라 월나라처럼 원수지간도 형제가 된다. 그러나 자기 자신을 믿지 못하는 사람은 남들 또한 그를 의심하므로 자신 이외에는 모두가 적이 된다.

一念通天 (일념통천)
한마음으로 정성을 다하면 그 뜻이 하늘에 닿는다.

삶을 살아가는데 자신감과 믿음이 필요하다는 것을 강조하는 문장들이다.

오늘날 우리 사회의 젊은이들 가운데 연애, 결혼, 출산을 포기한 '삼포세대'가 있다. 그런데 여기에 더해 취업과 내 집 마련까지 포기하더니 마침내 꿈과 희망까지 포기하는 '칠포세대'라는 말까지 생겨나 안타까움을 더하게 한다.

완벽한 행복이 실현 불가능한 것처럼, 완벽한 불행 역시 있을 수 없다. 어렵고 힘든 현실에서도 의지와 신념을 갖고 끝까지 노력하면 좋은 결과를 얻을 수 있을 것이다.

정말 간절히 원하면 우주가 나서서 도와준다고 한다. 더 이상 나아갈 수 없다고 생각하던 막장에서 의외의 금맥을 발견할 수도 있다.

"미래는 약한 자들에게는 불가능이고, 용기 있는 자들에게는 기회이다."

어려운 시기일수록 빅토르 위고의 '레미제라블'에 나오는 문장을 떠올리며 궁하면 통한다는 긍정의 힘을 바탕으로 다시 한번 도전하는 용기를 내야 할 것이다.

# 후계자 선정의 중요성

"한 사람의 이익을 위해 결코 천하가 손해를 볼 수는 없다. 내가 아들 단주에게 황제의 자리를 물려주면 단주 한 사람은 이로울지 모르지만 천하가 손해를 본다. 그러나 내가 순(舜)에게 임금 자리를 물려주면 단주 한 사람은 손해를 볼지 모르지만 천하가 이롭다."

아들인 단주에게 왕위를 물려주지 않고 순 임금을 후계자로 삼았던 고대 중국의 요(堯) 임금이 했던 말이다. 사마천의 사기 요제본기에 나오는 내용으로, 지금으로부터 오천 년 전의 일이었다. 능력 검증도 제대로 되지 않은 자기 자식에게 선뜻 중역이나 사장 자리를 물려주는 우리나라 일부 재벌 오너들이 새겨 들어야 할 말이라고 하겠다.

百年成之不足 一旦敗之有餘 (백년성지부족 일단패지유여)

일을 이루는 데는 백 년도 모자라지만, 망치는 데는 하루도 남음이 있다.

자칫 잘못 세운 후계자 한 명이 전임자가 힘들게 이뤄놓은 업적을 하루아침에 날려 버릴 수도 있다. 후계자 선정과 육성이 중요한 이유이다.

공자 역시 후계자 선정과 관련된 일화가 있다.

어느 날 제자들이 모인 자리에서 공자가 말했다.

"오도 일이관지(吾道一以貫之), 나의 도(道)는 한 가지 이치로 일관되어 있다."

다른 제자들은 무슨 뜻인지 몰라 아무 말도 않고 침묵했지만, 증자는 "예! 그렇습니다." 하며 주저 없이 큰 소리로 화답했다.

이에 공자는 고개를 끄덕이며 밖으로 나갔고, 다른 제자들이 증자에게 물었다.

"선생님의 말씀이 무슨 뜻입니까?"

증자가 말했다. "부자지도 충서이이의(夫子之道 忠恕而已矣), 선생님의 도는 충(충직함)과 서(관용, 배려)일 뿐입니다."

마치 석가모니가 아무 말 없이 연꽃 하나를 집어 들자 사람들은 그것이 무슨 의미인지 몰라 의아해했으나 제자 가섭은 그 뜻을 이해하고 미소를 지었다고 하는 염화시중의 미소를 떠올리게 하는 장면이다.

증자와 가섭은 공자와 석가모니의 수제자로 스승의 사상과 가르침을 후세에 널리 전파함으로써 유교와 불교라는 찬란한 문화가 꽃 피게 하는 역할을 했다.

不孝有三 無後爲大 (불효유삼 무후위대)

불효에는 세 가지가 있는데, 대를 이을 후손을 두지 않는 것이 가장 큰 불효이다.

맹자가 한 말인데, 예로부터 사적으로나 공적으로나 후계자를 두는 일은 무엇보다 중요한 일이었다. 맹자가 말한 세 가지 불효 가운데 나머지 두 가지는 자신의 이익을 위해 부모를 불의에 빠뜨리는 것과 부모가 가난하고 연로한데도 봉양하지 않는 것이다.

과거의 절대 권력자들은 후계자를 경쟁 관계로 의식해 후계자를 키우는 일에 인색했다.

대표적인 예로 박정희 전 대통령을 들 수 있는데, 그는 결코 2인자를 용납하지 않고 늘 견제했다고 한다. 이런 절대 권력자 밑에 있는 사람들은 너무 유능해도 안 되고, 너무 무능해도 안 되었기에 처신하는데 어려움을 겪을 수밖에 없고, 윗사람의 눈치만 살피게 될 것이다.

오늘날 기업의 최고경영자는 후계자를 육성하는 일이 기업의 영속성 측면에서 무엇보다 중요하다. GE, 모토로라, HP, 3M 등 장수하는 기업들은 차기 최고 경영자를 육성하는 내부 프로그램을 운영하고 있다. 체계적이고 다양한 육성과정과 검증을 통해 선발된 최고경영자는 기업의 경쟁력을 더욱 향상시킨다. 우리나라 일부 재벌기업의 젊은 2, 3세 오너들이 갑질 횡포 등으로 후계자 리스크를 키우는 것과 대조를 이룬다.

창업주가 사업을 성공적으로 일으킨 후에는 수성이 관건이다. 일반적으로 창업보다 수성이 더 어렵다는 데에 사람들의 의견이 모인다.

우리 기업들도 후계자의 육성과 검증에 보다 많은 노력을 기울여야 할 것이다.

# 성공에 안주하지 마라

國無尙强無尙弱 (국무상강 무상약)

나라로서 영원히 강한 나라 없고, 늘 약한 나라 없다.

한 나라의 흥망성쇠는 결코 영원할 수 없으니 현재의 성공에 안주하지 말라는 의미이다. 한비자가 한 말인데, 오래전에 우리나라 한 항공사의 중국 편 광고 카피로 인용되어 사람들에게 낯이 익은 문장이기도 하다.

한 치 앞을 내다볼 수 없는 불확실성의 시대였던 춘추전국 시대에는 영원한 강자도, 영원한 약자도 없었다. 제환공, 진문공, 초장왕 등 춘추오패는 나라를 부강하게 했지만, 그들이 죽은 뒤에는 바로 쇠락했다.

과거의 성공으로 인해 지나친 자신감에 빠져 오만한 태도를 보이고 독단적으로 행동하다가 파멸에 이르는 것을 휴브리스(Hubris) 증후군이라고 하는데, 성공한 권력자가 가장 경계해야 할 부분이다. 현재의 승리에 도취하거나 자만한다면 실패는 필연이다.

戰勝不復 應形無窮 (전승불복 응형무궁)

전쟁에서 승리는 반복되지 않는다. 끊임없는 변화에 유연하게 대응하라.

손자병법의 핵심적인 문구 가운데 하나로, 변화하는 환경에 맞춰 지속적으로 단련해야 발전을 이어갈 수 있다는 의미이다.

망하리라고는 상상도 못했던 세계적 초우량 기업들이 교만과 안일함으로 새로운 변화에 적응하지 못하고 한순간에 사라지는 경우를 종종 본다.

낡고 잘못된 관행과 시스템을 혁신하지 않고 과거의 영광에 안주하는 순간 개인이든 조직이든 도태될 수밖에 없다.

도가 철학자 장자의 당랑포선(螳螂捕蟬) 우화 역시 영원한 승자는 없다는 교훈을 준다.

장자가 밤나무밭을 지나가다 까치 한 마리가 나무에 앉아 있는 것을 보았다.

까치를 향해 돌을 던지려는데 까치는 자기가 위험에 빠진 것도 모르고 앞에 있는 사마귀를 잡아먹으려고 온 정신을 집중하고 있었다.

그런데 사마귀는 뒤에서 까치가 자신을 노리고 있다는 사실도 모른 채 매미를 향해 두 팔을 쳐들고 있었고, 매미는 그것도 모르고 세월을 노래하고 있었다.

장자는 그걸 본 순간 세상에 진정한 승자는 없다는 것을 깨닫고 던지려던 돌을 내려놓았다. 그때 밤나무 밭을 지키던 농부가 달려와 장자가 밤을 훔치려는 줄 알고 욕을 하며 막대기를 휘둘렀다.

같은 시공간에서 사람과 까치, 사마귀, 매미가 모두 자신의 승리를 확신하며 상대를 잡으려 하지만, 그 누구도 최후의 승자는 아니었던 것이다.

송나라에 한 농부가 있었다. 밭 가운데 나무 그루터기가 있었는데, 하루는 토끼가 뛰어오더니 나무 그루터기에 머리를 부딪혀 죽었고, 농부는 예상치 않았던 횡재를 하게 되었다. 농부는 그런 일이 또 생길 것을 기대하고 농사일은 하지도 않은 채 나무 그루터기를 지켰지만, 토끼는 얻지 못하고 사람들의 비웃음만 사게 되었다.

이 일화에서 유래한 수주대토(守株待兎)는 고지식하게 구습과 전례만 고집하거나 요행만을 바라는 것을 비유하는 고사성어로 한비자에 나오는 내용이다.

요즘 우리 사회의 젊은이들이 쓰는 말 가운데 '꼰대'라는 단어가 있다. 꼰대는 과거의 사고방식에 사로잡혀 새로운 변화를 거부하는 나이 든 사람을 지칭하는 말이라고 할 수 있다. 세상이 변했음에도 과거에 어쩌다 한 번 성공했던 일에 대한 향수에 젖어 지내는 소위 꼰대 같은 사람들은 한비자의 수주대토 이야기를 반면교사로 삼아야 할 것이다.

세상이 변하면 인간도 변해야 한다. 알은 자기 스스로 깨면 생명체가 되지만, 다른 사람에 의해서 깨지면 요리감이 되고 만다. 리더는 변화하는 현실을 냉정하게 보아야 하고, 변화의 과정에서 조직의 발전을 촉진할 수 있는 방법을 찾아야 한다.

영국의 생물학자로 진화론에 크게 기여한 찰스 다윈은 자신의 저서 '종의 기원'에서 "가장 강한 종이 살아남는 게 아니라, 가장 잘 변화하는 종이 살아남는다."라고 했다.

변화하는 환경에 대응하는 유일한 길은 오직 변화뿐인 것이다.

# 책 속에 길이 있다

독서는 사회적으로는 문화의 척도이며 개인적으로는 지식과 인품을 결정한다.

한 권의 책 때문에 인생관, 세계관, 가치관이 하루아침에 뒤바뀌는 경험을 하기도 한다.

사람들은 보다 넓은 세상, 다양한 경험, 깊은 지식과 삶의 지혜에 접하기를 원하면서도 책은 잘 읽지 않는 모순된 행동을 하는 경우가 많다.

> 有田不耕倉廩虛 (유전불경창름허)
> 有書不讀子孫愚 (유서부독자손우)
> 밭이 있어도 갈지 않으면 창고가 비고,
> 책이 있어도 읽지 않으면 자손이 어리석게 된다.

당나라 시인 가운데 가장 많은 시를 남긴 백거이(낙천)의 글이다.

> 至樂莫如讀書 至要莫如教子 (지락막여독서 지요막여교자)
> 책을 읽는 것만큼 즐거운 일이 없고, 자식을 가르치는 일만큼 중요한 것은 없다.

송나라의 대표적 유학자인 주자가 한 말이다.

주자는 또한 책을 읽는 방법으로 구도(口到), 안도(眼到), 심도(心到)라고 하는 독서삼도(讀書三到)를 추천하기도 했는데, 입으로 읽고, 눈으로 보고, 마음으로 가다듬어 반복 숙독하면 그 깊은 뜻을 깨닫게 된다는 것이다. 주위 환경에 휘둘리지 않고 책 읽기에 정신을 집중한다는 독서삼매(讀書三昧)와 같은 의미라고 하겠다.

> 讀書百遍 義自見 (독서백편 의자현)
>
> 어떤 책이든 백 번을 읽으면 그 뜻을 스스로 깨닫게 된다.

후한 때 동우라는 학자가 한 말이다. 처음엔 어렵게 느껴지던 책도 읽고 또 읽으면 그 뜻을 조금씩 이해할 수 있게 된다는 의미이다.

> 男兒須讀五車書 (남아수독오거서),
>
> 사람은 무릇 다섯 수레의 책을 읽어야 한다.

원래는 장자가 했던 말인데, 당나라 시인 두보가 자신의 시구(詩句)로 인용함으로써 우리에게 널리 알려지게 된 문장이다.

동서고금을 막론하고 성공한 사람들은 대체로 책을 많이 읽은 사람들이다.

나폴레옹은 전쟁터에서도 책을 읽었으며, 링컨 대통령이나 처칠 수상도 독서와 관련한 일화가 전해진다. 잭 웰치, 빌 게이츠, 워렌 버핏 같은 인물들도 책을 많이 읽는 것으로 정평이 나 있다.

우리나라 세종 역시 책 읽기를 너무 좋아해 건강을 해칠 정도였으며, 정조도 책을 많이 읽고 백여 권이 넘는 책을 직접 쓰기도 했다. 광해군 때의 문신이자 최초의 국문소설 「홍길동전」을 지은 허균은 세상에서 가장 듣기 좋은 소리로 독서성(讀書聲) 즉, 책 읽는 소리를 꼽았는데, 특히 내 자식이 글을 읽는 소리는 으뜸의 소리라고 예찬했다.

안중근 의사가 여순 감옥에서 쓴 '하루라도 책을 읽지 않으면 입안에 가시가 돋는다.'라는 의미의 '일일부독서 구중생형극(一日不讀書 口中生荊棘)' 유묵의 문장은 우리에게 친숙하다.

조선 시대 때는 사대부 여인들에게 책을 읽어주는 '책비(冊婢)'와 책의 유통을 담당하는 거간꾼인 '책쾌(冊儈)'라는 직업을 가진 사람이 있었던 것을 보면, 당시에도 사회적으로 책과 독서에 대한 관심이 높았던 것 같다.

기술의 발전은 독서 풍경 역시 바꿔 놓고 있는데, 최근에는 e북(전자책), 오디오북 등의 보급이 크게 늘고 있어 보관이나 휴대의 편리성을 더하고 있다.

예전에는 버스나 지하철을 타면 책을 읽는 사람들이 제법 눈에 띄었지만, 요즘은 거의 모든 사람이 스마트폰을 들여다보고 있어 인쇄된 책을 읽는 사람을 보는 것은 거의 불가능해졌다.

또한 날씨가 선선해지는 가을이 되면 독서의 계절이라 하여 다양한 행사와 함께 캠페인을 벌이기도 했는데, 이제는 웬만한 도서관에는 냉난방 시설이 잘 갖춰져 있어 사계절 내내 쾌적하게 책을 읽을 수 있는 좋은 환경이 되었다. 그럼에도 우리나라 사람들의 독서량은 선진 외국에 비해 턱없이 적다고 한다. 어느 영화가 개봉 며칠 만에 수백만의 관객을 동원했다며 수시로 뉴스에 오르는 것과 대조를 이룬다.

'인생 성공 단십백'이라는 말이 사람들 사이에 회자된다. "한평생 살다가 죽을 때 한 명의 진정한 스승과 열 명의 진정한 친구, 그리고 백 권의 좋은 책을 기억할 수 있다면 성공한 삶."이라는 의미라고 한다. 나는 몇 권의 좋은 책을 기억할 수 있을지 모르지만, 백 권에는 크게 미치지 못할 것 같아 부끄러운 생각이 든다.

책을 사서 독서를 한다는 것은 다른 어떤 일보다 가성비가 높은 일이라고 할 수 있다.

게다가 책을 산다는 것은 단순한 소비가 아니라 미래를 위한 투자라고 할 수 있다.

책은 생각을 바꾸고, 생각이 바뀌면 운명도 바뀐다. 국민 모두가 독서에 대한 관심을 조금만 더 기울인다면 개인의 삶의 질은 물론 우리나라의 사회적 문화적 수준도 한층 높아질 것이다.

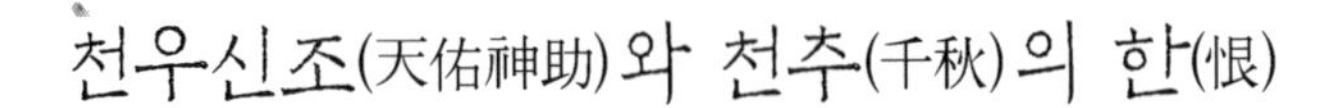

# 천우신조(天佑神助)와 천추(千秋)의 한(恨)

하늘이 돕고 신이 돕는다는 의미의 천우신조는 불가능하다고 생각했던 일이 성사되거나, 어려운 상황에서 극적으로 벗어나는 경우에 흔히 쓰이는 말이다. 이에 반해 천추의 한은 천 년을 품을 만큼 가슴에 맺힌 억울하거나 후회되는 일을 뜻한다.

천우신조와 천추의 한은 별개로 사용되기도 하지만, 동일한 일을 두고 당사자 가운데 한쪽은 천우신조였다며 고마워하고 안도하는 반면, 다른 한쪽은 천추의 한으로 후회하고 원망하는 경우도 많다.

홍문지연(鴻門之宴)이라 불리는 홍문의 연회는 중국의 역사를 바꾼 술자리로, 초한 전쟁에서 가장 드라마틱한 장면이다.

유방이 진나라 수도인 함양에 먼저 입성하자 항우는 대군을 이끌고 함곡관을 단숨에 격파한 뒤 함양에서 멀지 않은 홍문에 주둔했다.

초나라 회왕이 함양에 먼저 입성하는 사람을 관중의 왕으로 삼겠다고 약속한 바 있어 항우는 유방이 왕이 되려는 뜻을 품고 있는지 그의 의중을 떠보려고 홍문에서 연회를 열고 그를 불렀다.

유방은 군세(軍勢)에 있어서 아직은 항우에게 맞설 형편이 못 되었기에 홍문으로 달려와 굴욕적으로 사죄하는 척 연기를 했다.

項莊舞劍 意在沛公 (항장무검 의재패공)

항우의 사촌 동생인 항장이 홍문의 연회에서 칼춤을 춘 것은 패공 유방을 죽이려는 의도에서였다.

항우는 유방의 비굴하고 아첨하는 말에 속아 유방을 죽이라는 책사 범증의 말을 끝내 듣지 않았고, 유방은 연회 도중에 달아나 버렸다.

홍문의 연회에서 유방은 천우신조로 위기를 모면하고 훗날 천하를 얻게 되지만, 항우는 유방을 살려줌으로써 거의 손에 들어온 천하를 놓치는 천추의 한을 남겼다.

이때부터 홍문지연은 생사를 가를 만큼 가슴 졸이는 정치적 담판을 의미하게 되었다. 2016년 한국의 사드 배치 문제를 둘러싸고 미국과 중국, 그리고 한국 사이에 갈등이 고조된 적이 있었다. 당시 중국의 왕이 외교부장은 "항장무검 의재패공" 고사를 인용하며 "미국이 북한의 핵을 핑계로 한국에 사드를 배치하는 속뜻은 중국을 압박하기 위한 것."이라며 신랄하게 비난한 바 있다. 이는 미국을 항우에, 중국을 유방에, 한국을 칼춤을 추는 항장에 비유한 것으로, 듣는 우리 한국의 입장에서는 무례하다는 느낌이 들지 않을 수 없다.

한나라의 명장 한신은 한 고조 유방이 초패왕 항우와의 초한 전쟁에서 승리할 수 있게 도운 일등 공신이라고 할 수 있다. 그럼에도 한신은 전쟁이 끝나자 반란을 꾀했다는 이유로 토사구팽의 죽임을 당했는데, 한신에게도 천하의 주인이 될 기회는 있었다.

책사인 괴통(괴철)이 한신에게 유방으로부터 독립해 항우와 더불어 천하를 셋으로 나눠 다스릴 것을 제안했던 것이다. 제갈량이 유비에게 천하삼분지계(天下三分之計)를 제시한 것보다 사백 년이나 앞선 때의 일이다.

그러나 소심한 한신이 유방을 배신할 수 없다고 거절하는 바람에 천하삼분지계는 실현되지 못했다. 훗날 한신은 유방으로부터 죽임을 당하게 된 순간 천하삼분지계를 받아들이지 않은 것을 크게 후회했지만, 이미 때는 늦어 천추의 한으로 남을 뿐이었다.

소설 삼국지의 적벽대전은 오나라 대도독 주유와 촉의 제갈량이 연합해 화공으로 위나라 조조의 대군을 물리친 명장면이다.

제갈량은 주유에게 자신이 동남풍을 불게 할 테니 사흘 후 공격할 준비를 갖추라고 말한 뒤 제단을 쌓고 기도를 올렸다. 이윽고 동남풍이 불기 시작했고, 조조에게 위장 투항한 오나라의 황개 장군은 불붙은 배를 몰아 조조 군대의 배에 충돌시켰다.

배들이 흔들리지 않도록 사슬로 엮어 놓았던 조조의 배들은 강한 바람을 타고 거세진 불 때문에 순식간에 혼란에 빠졌고, 때맞춰 주유의 군대가 퇴로를 차단하니 조조의 대군은 크게 패하게 된다.

북서풍의 계절인 겨울에 동남풍이 분 것은 촉오 연합군과 제갈량에게 있어 천우신조였다.

물론 그 동남풍이 조조에게는 천추의 한이 되었을 것이다.

황제 유선에게 출사표를 올리고 북벌에 나선 촉의 제갈량은 그동안 이렇다 할 전과를 올리지 못하고 있었다. 다섯 번째 북벌에 나선 제갈량은 위나라 군대의 군량을 탈취해 촉군의 주둔지인 상방곡에 비축하고 주력인 위연의 부대를 80리 떨어진 기산에 주둔시켰다.

위나라 군대를 이끌던 사마의(중달)는 촉의 주력부대가 상방곡에서 멀리 떨어져 있어 방비가 허술할 것이라 판단하고 군량 탈환을 위해 상방곡을 공격했다.

하지만 이는 제갈량의 속임수로 제갈량은 군량미처럼 보이는 가마니와 땅속에 유황 염초 같은 인화성 물질을 잔뜩 숨겨 두고 상방곡 입구에 군대를 매복시켰다.

사마의와 위군이 상방곡에 들어서자 촉군의 화공이 시작되었고 골짜기는 불바다로 변해 제갈량의 계략이 성공을 거두는 듯했다.

제갈량에게 속았다고 생각한 사마의는 두 아들과 함께 자결을 하려고 칼을 뽑았다. 그런데 바로 그 순간 하늘에서 소나기가 쏟아져 타오르던 불길이 다 꺼지고 사마의는 남은 군사들과 함께 도주해 버렸다. 사마의를 놓친 제갈량은 하늘을 향해 절규했다.

"모사재인 성사재천 불가강야(謀事在人 成事在天 不可强也), 일을 도모하는 것은 사람이지만, 그 일을 성사시키는 것은 하늘이니 억지로 되는 것이 아니로구나!"

절체절명의 순간에 갑자기 쏟아진 소나기는 사마의에게는 천우신조였지만, 제갈량에게는 천추의 한이 되었다. 더욱이 이 상방곡 전투에서 크게 낙담한 제갈량이 얼마 후 오장원에서 죽음을 맞게 되니, 삼국지를 읽는 많은 독자들도 이 대목을 무척이나 안타까워한다.

우리나라 역사에도 천우신조와 천추의 한이 될만한 일은 많았다.

정읍 현감이던 이순신이 유성룡의 추천으로 전라좌수사에 임명된 것은 임진왜란이 일어나기 불과 일 년 전인 1591년의 일이었다. 만일 그때 이순신이 전라좌수사가 되지 않았다면 조선의 운명은 완전히 달라졌을 것이다. 그야말로 천우신조였다고 하겠다.

병자호란 때 인조가 청나라에 항복한 후 도승지 이경석은 대청황제공덕비, 일명 삼전도비의 비문을 써야 했다. 이경석은 형에게 보낸 편지에서 "글공부를 한 것이 천추의 한이 된다."라며 비문을 쓴 자신의 치욕적인 심정을 전하고 있다.

너그러워지면 온 우주를 품을 수도 있지만, 옹졸해지면 바늘 하나 꽂을 여유가 없는 것이 사람의 마음이라고 한다. 살면서 기쁘고 좋은 일이 생기면 천우신조라고 여겨 감사하는 마음을 가져야 할 것이다. 그렇지만 억울하고 섭섭한 일은 천추의 한으로 가슴에 담아 두지 말고, 오히려 "모두 내 탓이었다." 하며 자신을 반성하는 계기로 삼는다면 마음이 한결 평온하고 편해질 것이다.

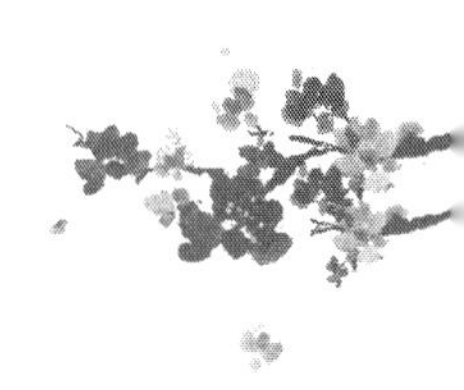

# 살리에르와 이인자 콤플렉스

발명왕 에디슨은 "천재는 99%의 노력과 1%의 영감으로 만들어진다."라고 말했지만, 천재와 범재를 가르는 결정적 요소는 타고난 1%의 영감이다. 그 1%가 범재들에게는 결코 넘을 수 없는 사차원의 벽, 넘사벽처럼 느껴지는 것이다.

살리에르 증후군이란, 아무리 노력해도 천부적 재능을 타고난 일인자를 넘어설 수 없다는 열등감 때문에 힘들어하는 이인자의 콤플렉스를 말한다. 이는 영화 「아마데우스」에서 모차르트에게 열등감을 느껴 좌절했던 음악가 살리에르로부터 유래했다.

실제와는 많이 다르지만, 영화에서 그려진 살리에르는 모차르트의 벽을 넘을 수 없는 것에 괴로워하며 "욕망을 갖게 했으면 재능도 주셨어야지!"라고 신을 원망한다.

영화 속 살리에르처럼 일인자를 질투하고 부러워하는 모습은 현실에서 흔한 일이며, 역사에서도 여러 부류의 살리에르를 찾아볼 수 있다.

한때 피겨 여왕 김연아와 치열하게 경쟁하던 일본의 아사다 마오 선수를 살리에르에 비유한 신문 기사를 본 기억이 난다.

龐涓死於此樹之下 (방연사 어차수지하)

방연이 이 나무 아래서 죽는다.

중국 전국시대 손빈과 방연은 스승인 귀곡자 밑에서 동문수학한 절친한 사이였으나 훗날 서로 죽이고 죽는 관계가 되어 버렸다. 두 사람은 총명하고 공명심이 강한 공통점이 있었지만, 방연은 손빈을 따라가기에는 역부족이어서 늘 열등감을 느꼈다.

방연은 먼저 위나라에 출사해 장군이 된 후 손빈을 초청했다. 이는 손빈이 다른 나라로 가서 자신의 경쟁자가 되는 것을 방지하고, 또 손빈이 알고 있는 병법을 전수 받으려는 의도에서였다. 그러나 손빈이 자기보다 높은 관직을 맡을 것 같자 방연은 손빈을 제나라 첩자라고 모함해 두 무릎을 자르는 형벌을 받게 만들었다.

내막을 몰랐던 손빈은 처음에는 방연 덕분에 목숨을 건진 줄 알고 고마워했지만, 얼마 후 방연의 음모를 알게 되었고 제나라로 탈출해 복수전을 펼치게 된다. 그리고 그 클라이맥스가 마릉 전투이다.

손빈과 제나라 군사들은 방연과 위나라 군대를 유인하려 쫓기는 척하다가 험지인 마릉에 군사를 매복시키고 큰 나무에 "방연이 이 나무 아래서 죽는다."라는 글을 새겨 놓았다. 깜깜한 밤중에 마릉에 도착한 방연이 나무에 있는 글씨를 보려 불을 켜자 매복해 있던 제나라 군사들이 일제히 화살을 쏘아 방연과 위나라 군대를 전멸시켰다.

旣生瑜 何生亮 (기생유 하생량)

하늘은 이미 주유를 낳았거늘, 왜 또 제갈량을 낳았단 말인가?

소설 삼국지의 적벽대전은 오나라 대도독 주유와 촉의 제갈량이 연합해 화공으로 조조의 대군을 물리친 스펙타클한 명장면이다.

주유는 공명심과 승부 근성이 강했으며, 제갈량과의 라이벌 의식도 집요했다.

주유는 제갈량을 곤경에 빠트리려 10만 개의 화살을 10일 이내에 마련할 것을 요구했는데 제갈량은 되레 3일이면 충분하다고 했다.

3일째 되는 날 제갈량은 여러 척의 배에 짚으로 만든 허수아비를 싣고 안개가 자욱한 조조 군영으로 접근해 소리를 질러 조조의 군사들이 마구 활을 쏘도록 유도했다. 그리고 귀환해서 허수아비에 박힌 무수한 화살을 수거하니 10만 개가 훨씬 넘었다.

이에 주유는 "제갈량의 꾀가 신기에 가까우니 내가 그와 같을 수가 없구나."라며 탄식했다.

제갈량이 예언한 대로 동남풍이 불자 화공을 이용해 조조의 대군을 격파한 적벽대전이 끝난 뒤 주유는 제갈량을 그대로 두면 큰 화근이 되리라 걱정해 죽이려 했지만, 이를 진작에 눈치챈 제갈량은 미리 준비해 둔 배를 타고 유유히 사라졌다.

주유는 "하늘은 이미 주유를 낳았거늘, 왜 또 제갈량을 낳았단 말인가?" 하는 원망의 말을 남기고 서른여섯의 젊은 나이에 병사했다.

生我者父母 知我者鮑叔也 (생아자부모 지아자포숙야)

나를 낳아준 이는 부모이지만, 진정으로 나를 알아준 사람은 포숙이다.

관포지교의 주인공인 관중과 포숙은 이인자 콤플렉스도 잘만 활용하면 일인자와 이인자 모두에게 좋은 결과를 가져올 수 있다는 교훈을 준다.

관중은 제환공(소백)이 군주의 자리를 놓고 형인 규와 경쟁을 벌일 때 형의 편에 서서 환공에게 활을 쏘기까지 했던 정적이었다. 그래서 환공은 처음에는 관중을 죽이려 했으나 측근 신하인 포숙의 간언을 받아들여 오히려 재상으로 임명했다.

제나라는 관중의 탁월한 정치력과 능력을 바탕으로 부국강병에 성공했고, 환공은 춘추시대 첫 번째 패주가 되었다.

관중과 포숙은 어렸을 때부터 친구 사이였는데, 가난하고 궁색한 관중은 여러 차례 포숙을 속이고 이용했지만, 포숙은 개의치 않았고 관중을 자기보다 높은 자리인 재상으로 추천하기까지 했다. 이는 포숙이 관중을 친구 이전에 천하를 경영할 능력을 지닌 탁월한 인재로 보았기 때문이다.

훗날 관중은 "나를 낳아준 이는 부모지만, 진정으로 나를 알아준 사람은 포숙이다."라고 말할 만큼 관중에 대한 포숙의 우정은 이타적이었다.

포숙의 이러한 처신에 대해 사마천이 쓴 사기에는 "세상 사람들은 관중의 뛰어난 재능보다 포숙의 사람 보는 혜안을 더 칭찬했다."라고 적고 있다.

일등만 기억하는 승자독식의 현실에서는 많은 살리에르가 생길 수 있다.

그러나 일등에 대한 지나친 집착과 질투는 파멸을 부른다. 포숙의 경우처럼 상대방을 인정하는 포용력과 아량으로 이인자 콤플렉스를 극복하고 상생하며 살아가는 지혜가 필요할 것이다.

# 유머, 삶의 여유와 즐거움

수준 높은 유머는 삶에 여유를 주고, 자신은 물론 주변 사람들까지 즐겁게 한다.

재미와 행복은 불가분의 관계이다. 이를 반영하듯 여자들이 선호하는 배우자감의 자질로 유머 감각을 첫 번째로 꼽은 조사 결과가 나온 적이 있다. 기업체 임원을 대상으로 한 조사에서는 유머 감각이 있는 사람을 우선 채용하고 싶다는 결과도 있었다.

유머는 인생의 깊이를 아는 사람만이 구사할 수 있고, 유머 수준과 문화 수준은 비례한다고 한다.

유머 감각은 날카로운 상황 판단력과 자신의 의견에 대한 확고한 신념이 있을 때 생긴다. 또한 이는 어떤 상황에 대한 즉각적이고 감정적인 대응을 유보하고 한 발자국 물러나서 좀 더 객관적으로 관찰할 수 있는 여유를 의미하기도 한다.

역사에 이름을 남긴 인물들 가운데는 유머 감각이 뛰어난 사람이 많다.

'유토피아'를 쓴 영국의 작가이자 정치가인 토머스 모어는 국왕인 헨리 8세의 이혼을 반대하다가 반역자로 몰려 처형을 당하게 되었다.

그는 단두대에서 처형되기 직전 머리를 받침대 위에 올려놓고 사형 집행인에게 말했다. "내 수염은 잘리지 않도록 조심하게. 그건 죄가 없으니…." 토머스 모어는 죽음을 맞는 순간까지도 유머 감각을 잃지 않았던 것이다.

영국 수상이었던 처칠과 인도의 비폭력 독립운동가 간디의 유머 시리즈는 유명하다.

한번은 처칠을 끔찍이 싫어하던 여성 국회의원 레이디 에스터가 한껏 화가 나서 처칠에게 "당신이 내 남편이었다면 나는 당신의 커피에 독을 탓을 겁니다."라고 말했다. 그러자 처칠 수상이 느긋하게 대답했다.

"내가 당신 남편이었다면 서슴지 않고 그걸 마셨을 것이오."

간디가 런던 대학에서 유학을 할 때 동양인에 대해 편견을 가진 피터스라는 교수가 있었다. 하루는 간디가 구내식당에서 피터스 교수 옆자리에서 점심을 먹게 되었는데, 불쾌한 기분이 든 피터스 교수가 간디에게 말했다.

"간디, 더러운 돼지와 아름다운 새가 함께 앉아서 식사를 하는 경우는 없다네."

이에 간디가 대답했다.

"알겠습니다, 교수님. 그럼 제가 다른 곳으로 날아갈게요."

談言微中 亦可以解紛 (담언미중 역가이해분)

말을 적절하고 부드럽게 하면 어떤 어려운 문제도 다투지 않고 해결할 수 있다.

중국 최고의 역사서 사기를 지은 사마천의 말이다.

다른 역사서와는 달리 사마천의 사기에는 골계열전이 존재하는데, 이는 해학과 풍자, 재치와 유머가 있는 사람들에 관한 기록이다. 사형을 면하기 위해 궁형(거세형)을 당하며 비극적 삶을 살았던 사마천이 사기에 골계열전을 둔 것은 가히 파격적이라고 할 수 있다. 사마천은 골계열전에서 "사람은 예의와 도덕만으로는 살 수 없다"며 유머의 필요성을 강조했다.

춘추시대 제나라의 안영은 키가 아주 작았지만 지혜가 뛰어났고 현실정치에 밝았으며 검소해 백성들의 신망이 높은 명재상이었다. 그런 안영이 당시 강대국인 초나라에 사신으로 갔다. 초나라 영왕은 왜소한 안영의 기를 꺾고 제나라에 모욕감을 주려 일을 꾸몄다.

안영이 초나라 도성에 도착했는데 성문을 열어주지 않았다. 문지기에게 성문을 열라고 하니 그 문지기는 안영을 성문 옆 조그만 개구멍으로 안내한 뒤 말했다.

"재상께서는 이 개구멍으로 들어가십시오. 이 정도 구멍이면 출입하기에 충분한데, 큰 성문을 열 필요가 있겠습니까?"

이에 안영은 웃으며 말했다.

"개 나라에 사신으로 오면 개구멍으로 드나들지만, 사람 나라에 사신으로 오면 성문으로 출입해야 하오. 설마 초나라가 개 나라는 아니겠지요."

이 말을 전해 들은 초 영왕은 얼굴을 붉히며 성문을 열어주도록 명령했다.

그 후 안영을 대면한 초 영왕은 인신공격성 질문을 했다.

"제나라에는 인재가 없는가? 어째서 당신 같이 키가 작고 볼품없는 사람을 사신으로 보냈는가?"

그러자 안영이 대답했다.

"저희 제나라에는 사신을 파견하는 원칙이 있습니다. 대국에는 키가 크고 훌륭한 사람을 파견하고, 소국에는 키가 작고 볼품없는 사람을 보냅니다. 저는 유능하지 못하고 키가 작아 초나라로 파견될 수밖에 없었으니 왕께서 이해해 주시기 바랍니다."

촌철살인의 말로 초나라 영왕을 무안하게 만든 안영의 재치와 임기응변이 돋보이는 일화이다.

순우곤은 전국시대 제나라의 관료이자 학자이다. 그가 관료로 있던 제나라의 위왕은 왕위에 오른 지 3년이나 지났지만 정사는 돌보지 않고 날마다 음주가무에 빠져 지내며 이에 대해 간언하는 자는 처벌하겠다고 경고했다. 어떤 신하도 함부로 나서지 못하고 있었는데, 어느 날 순우곤이 왕 앞에 나섰다.

"왕께서 좋아하는 수수께끼를 하나 내겠습니다. 나라에 큰 새가 있는데, 왕궁에 살면서 3년 동안 날지도 않고(不飛불비), 울지도 않는데(不鳴불명) 이 새가 무슨 새입니까?"

위왕은 순우곤의 의중을 알아채고 웃으며 말했다.

"3년 동안 날지 않았으니 한 번 날면 하늘 높이 오르고, 3년 동안 울지 않았으니 한번 울면 사람들을 모두 놀라게 할 것이오."

순우곤의 재치 있는 말에 왕은 비로소 정사를 돌보기 시작했다.

순우곤은 직접적으로 왕의 잘못을 지적하지 않고, 간접적인 질문으로 잘못을 깨닫게 했다. 만일 순우곤이 왕에게 정사를 돌보라고 직설적으로 간언했다면 처벌을 받았을지도 모른다. 이 일화에서 '큰 일을 도모하기 위해 조용히 때를 기다린다'는 의미의 '불비불명(不飛不鳴)'

이란 고사성어가 유래하기도 했다.

酒極生亂 樂極生悲 (주극생란 낙극생비)

술이 과하면 망발을 하게 되고, 즐거움이 극에 달하면 슬픔이 닥친다.

순우곤이 술을 몹시 좋아하는 위왕과 술에 관한 대화를 나누던 중 넌지시 왕에게 던진 충고의 말인데, 오늘날까지도 많은 사람들에게 회자되는 재미있고 교훈적인 문장이다.

# 초심(初心)을 잃지 마라

出家如初 成佛有餘 (출가여초 성불유여)

처음 출가할 때의 마음가짐이라면 부처가 되고도 남음이 있다.

처음에 먹었던 마음을 끝까지 유지하는 일이 쉽지 않음을 비유하는 말이다.

무슨 일이든 오래 하다 보면 처음처럼 열정을 가지고 열심히 하기가 쉽지 않다.

차츰 일에 익숙해지면서 요령을 피우고, 편한 것을 찾게 되는 것이 사람들의 일반적인 행태이다.

초심이란 어떤 일을 할 때 처음 품었던 마음이다.

초심은 자신과의 약속이고, 결의이며, 희망을 담은 미래의 설계이다. 초심은 기나긴 준비과정을 거쳐 새로운 길을 향해 출발할 때의 두근거리는 가슴이다.

신입생, 신입사원, 신혼부부 시절에 지녔던 풋풋하고 싱그러운 꿈이 초심이며, 새로운 일이나 사업을 시작할 때 또는 새로운 직책을 맡았을 때의 가슴 벅차고 뜨거웠던 열정과 당당함이 초심이다.

초심을 잃지 않고 얼마나 온전하게 지속하느냐에 따라 학창 시절, 직장생활, 결혼생활, 기업과 정권 등 개인의 삶과 조직 운영의 성공 여부가 갈리게 된다.

"관리는 지위를 얻는 데서 게을러지고, 병은 조금 나아지는 데서 악화되며, 재앙은 게으른 데서 생기고, 효도는 처자에서 약해진다. 이 네 가지를 살펴서 삼가 끝맺음을 처음처럼 할지니라."

한나라 때의 학자 유향이 편찬한 '설원(說苑)'이라는 책에 나오는 내용이다.

위기는 초심을 잃었을 때 찾아온다.

변함없는 초심으로 살아가는 것이 바람직하지만, 초심을 잃지 않고 유지하는 불망초심(不忘初心)을 실천한다는 것은 말처럼 쉽지 않다.

시간이 흐르면 시나브로 마음 한구석에 또 다른 욕망인 탐욕이 생겨 초심과 멀어지게 된다. 겸손이 교만으로 바뀌고, 교만은 나태를 부르게 된다. 초심을 잃는다는 것은 교만과 나태에 빠진다는 것과 같은 말이다.

성공한 사람들에게 가장 힘든 일은 자기 자신과의 싸움이다. 창업보다 수성이 더 어렵다고 하는 이유도 초심을 잃기 때문이다.

공자는 "사람이 무너지는 것은 하늘이 준 재능이 부족해서가 아니라 자신의 능력을 과신한 교만 때문."이라고 했다.

교만과 나태를 떨쳐 버리고 초심을 유지하기 위해서는 주위 사람들의 조언과 충고에 귀를 열고, 자신을 낮추려는 끊임없는 성찰이 필요하다.

옛날에 시골 마을을 지나던 임금이 욕심이 없고 성실한 젊은 목동을 보고 조정의 관리로 삼았다. 목동은 관리가 된 후에도 정직하고 성실하게 임금을 보필해 재상까지 올랐고, 다른 신하들은 그를 시기해 쫓아낼 구실을 찾기 시작했다.

신하들은 마땅한 구실을 찾지 못했는데, 재상이 한 달에 한 번씩 자신이 살던 시골집으로 가서 커다란 항아리 뚜껑을 열고 한참 동안이나 그 속을 들여다보다가 돌아온다는 것을 알게 되었다.

신하들은 임금에게 재상이 많은 금은보화를 모아 항아리에 숨겨두고 있다고 아뢰었고, 임금은 재상을 앞세워 시골집으로 가서 항아리 뚜껑을 열게 했다.

항아리 뚜껑을 열자 그 안에는 금은보화가 아니라 재상이 목동 시절에 입었던 낡은 옷과 지팡이가 들어 있었다. 재상은 초심을 잃지 않기 위해 자신이 목동이었던 때를 되돌아보는 노력을 계속해왔던 것이다.

行百里者半九十 (행백리자 반구십)

백 리를 가려는 사람은 구십 리를 절반으로 여긴다.

愼終如始 則無敗事 (신종여시 즉무패사)

처음처럼 끝까지 신중하다면 실패하는 일이 없다.

무슨 일이든 마무리가 중요하고 어려우므로 끝까지 긴장을 늦추지 말고 꾸준히 노력해야 한다는 교훈을 주는 문장이다.

지위가 올라갈수록, 성공이 커질수록 더 겸손하고, 더 경계하며, 더 노력함으로써 초심을 잃지 않아야 할 것이다. 새로운 정권이 출범하면 늘 초기에는 높은 지지율을 보이지만 얼마 후에는 크게 떨어지는 경향이 있다. 그것은 과거 정권과의 차별화를 기대했던 국민들이 변화를 실감하지 못하게 되면서 새 정권의 초심이 과연 유지되고 있는지 의구심을 갖게 되기 때문일 것이다.

개인이든 조직이든 정권이든 초심을 잃지 않는 것이 무엇보다 중요하겠지만, 잠시 초심을 잃었다면 가능하면 빨리 흐트러졌던 마음을 가다듬고 초심으로 돌아가는 귀어초심(歸於初心)을 해야 할 것이다.

# 고사성어로 본 대장군 한신의 일생

병선(兵仙), 즉 군대를 운용하는 용병의 신선으로 불리는 한신은 초나라 출신으로, 원래는 항우 밑에 있었으나 그곳에서는 자신의 포부를 이룰 수 없을 것 같아 한나라 유방의 진영으로 옮겨갔다.

소하의 추천으로 한나라 대장군이 된 한신은 탁월한 능력으로 여러 전투에서 승리하고 최후에는 해하 전투에서 초패왕 항우를 물리침으로써 한 고조 유방이 진(秦)을 잇는 통일제국을 이루는데 결정적으로 기여했다.

한신은 군수와 행정을 담당했던 소하, 전략가인 장량과 더불어 '서한삼걸(西漢三傑)'로 초한 전쟁에서의 공을 인정받았으나, 결국엔 모반을 획책했다는 죄로 죽임을 당해 토사구팽의 대표적 사례가 되기도 했다.

한신은 많은 고사성어를 만들어 냈는데, 그만큼 그의 인생이 파란만장했다는 것을 반증하는 것이기도 하다.

과하지욕(胯下之辱)은 한신과 관련된 가장 대표적인 고사성어이다.

한신이 무명 시절 동네 불량배의 가랑이 밑을 기었다는 과하지욕은 성공을 위해서는 순간의 치욕을 참아야 한다는 교훈을 준다. 이로 인해 한신은 '사타구니 무사'라는 놀림을 당하기도 했으나 훗날 대장군이 된 뒤 그 사내를 찾아내 자신에게 '참을 인(忍)' 자를 가르쳐 주었다며 돈과 직위를 주기도 했다.

빨래하는 아주머니가 한신에게 밥을 나누어 주었다는 표모반신(漂母飯信)과 그 한 끼 밥에 천금으로 보답했다는 일반천금(一飯千金)은 어려운 사람에 대한 시혜(施惠)와 그에 대한 보은(報恩)이라는 교훈이 담긴 고사성어이다.

한신은 집안이 가난한데다 별 재간도 없어서 항상 남에게 얻어먹고 사는 신세였다. 어느 날, 한신은 회수에서 낚시질을 하다가 마침 물가에서 빨래하는 아주머니들을 만났다. 그들 중 한 아주머니가 한신의 모습을 보고 불쌍하게 여겨 수십 일 동안 그에게 밥을 먹여주었다. 이에 한신은 크게 감동하여 언젠가 반드시 후하게 보답하겠다고 말했다. 초한 전쟁이 끝나고 초왕에 봉해진 한신은 고향인 회음에 와서 자신에게 밥을 주었던 아주머니를 찾아 천금을 주어 지난날의 은혜에 보답했다.

국사무쌍(國士無雙)은 한 나라에 최고의 장군이나 인재는 두 사람이 있을 수 없다는 의미로, 특정인의 능력이 가장 뛰어나다는 칭찬의 말이다.

한신은 앞날의 비전이 보이지 않는 항우 밑에서 도망쳐 나와 유방 진영으로 갔는데, 한신의 재능을 알아본 유방의 측근 소하가 유방에게 한신을 대장군으로 추천하며 했던 말이다. 한신의 잠재적 능력을 금방 알아본 소하는 물론, 소하의 추천을 흔쾌히 받아들여 한신을 대장군으로 임명한 유방의 인재를 보는 안목이 대단함을 실감하게 한다.

성동격서(聲東擊西)는 동쪽에서 소리를 지르고 서쪽을 친다는 뜻이다.

초나라 항우 군대와 위나라가 연합해 한나라로 쳐들어가 황하 동쪽에 진을 치고서 한나라 군대가 강을 건너지 못하게 했다. 이에 한신은 속임수를 써 병사들에게 낮에는 큰소리를 지르며 훈련하게 하고, 밤에는 불을 밝혀 곧 공격하려는 듯한 티를 내게 했다. 그리고 자신은 비밀리에 군대를 이끌고 상류로 이동한 뒤 강을 건너 빠르게 전진해 위나라 군대의 후방 본거지를 점령하고 결국 위나라를 멸망시켰다.

한신이 조나라로 쳐들어가자 조나라는 20만의 군사를 동원해 방어에 나섰다.

한신은 1만여 군사로 강을 등지고 적과 맞서 싸우도록 해 대승을 거두었다.

이처럼 배수진(背水陣)이란 물러설 수 없도록 강을 등지고 적과 맞서는 전법으로, 목숨을 걸고 결연한 자세로 일을 추진하는 경우를 이르는 말이다.

명수잔도 암도진창(明修棧道 暗度陳倉)은 겉으로는 파촉의 잔도를 수리하는 척하면서 실제로는 진창을 통해 적을 기습한 한신의 일화에서 비롯된 고사로, 위장 공작을 수반하는 기습전략을 말한다.

진나라를 멸망시킨 뒤 스스로 초패왕이 된 항우는 유방을 파촉 지역의 왕인 한왕으로 분봉했다. 파촉은 중원으로부터 상당히 왼쪽으로 떨어진 오지였으므로 세간에는 유방이 그곳을 분봉 받은 것을 일러 좌천(左遷)이라고 하기도 했다.

군세가 미약했던 유방은 이를 받아들이는 수밖에 없었고, 관중으로 다시 나올 의도가 없음을 항우에게 보여주기 위해 진령산맥 절벽을 따라 설치된 목조 잔도를 불살라 버렸다. 그러나 얼마 후 한신은 잔도를 수리하는 척 항우 진영의 관심을 끌면서 비밀리에 산맥을 크게 우회해 진창에서 관중을 기습했다. 한신의 이 같은 기습을 예상하지 못한 초나라 군대는 크게 패하고 말았다.

항우를 멸망시키고 천하의 주인이 된 한 고조 유방이 어느 날 한신과 장졸들의 재능에 대해 이야기를 나누었다.

"자네가 보기에 나는 얼마의 병사를 거느릴 수 있겠나?"

"폐하는 십만 명이면 충분합니다."

"그럼 한신 자네는 어떤가?"

"신은 다다익선(多多益善), 많으면 많을수록 좋습니다."

그러자 기분이 언짢아진 유방이 다시 물었다.

"그렇게 능력 있는 자네가 어쩌다 내 밑에 있는가?"

이에 '아차!' 싶어 한신이 얼른 유방의 기분을 풀어주려 대답했다.

"폐하는 장수 위의 장수인 '장상지장(將上之將)'으로, 병사를 거느리는 데는 능하지 못하지만 장수를 거느리는 데는 훌륭하십니다."

이 대목은 후일 한신이 유방으로부터 토사구팽의 죽임을 당하게 되는 것을 암시하는 복선이라고도 볼 수 있다.

이런 한신에게도 천하의 주인이 될 기회가 있었다.

대장군 한신의 책사인 괴통은 한신에게 유방으로부터 독립해 항우와 더불어 천하를 삼분해 다스릴 것을 제안했다. 제갈량이 유비에게 천하삼분지계(天下三分之計)를 이야기한 것보다 사백여 년이나 앞선 일이다. 그러나 소심한 한신이 유방을 배신할 수 없다고 거절하는 바람에 천하삼분지계는 실현되지 못했다. 훗날 한신은 유방으로부터 토사구팽의 죽임을 당하게 된 순간 괴통의 천하삼분지계를 받아들이지 않은 것을 크게 후회했다.

한신이 해하전투에서 초패왕 항우를 물리치자 유방은 한나라 고조로 즉위한 후 공신들을 각지의 제후 왕으로 책봉했다.

그러나 유방은 막강한 군사력과 뛰어난 지략을 지닌 한신을 경계해 제거하려 했다. 한신은 초나라 왕으로 임명되었다가 결국 반란죄로 체포되었다.

체포된 한신은 "토끼 사냥이 끝나면 사냥개를 잡아먹는다더니 천하가 평정되니 이제 내가 잡혀 죽게 되는구나!"라며 토사구팽(兎死狗烹)을 당하는 울분을 토했다.

한신은 다시 회음후로 강등된 지 얼마 후 반란을 평정한 유방에게 축하 인사를 올리자는 소하의 말을 믿고 따라나섰다가 매복 중이던 무사들에게 살해되었다.

소하는 초한 전쟁 초기에는 유방에게 한신을 대장군으로 추천했고, 천하통일을 이룬 뒤에는 꾀를 내어 한신이 토사구팽의 죽임을 당하게 만든 장본인이다.

이런 인연으로 "성공을 이루는 것도 소하에게 달려 있고, 망하게 하는 것도 소하에게 달려 있다.", 즉 일의 성패가 한 사람의 손에 달려 있다는 의미를 지닌 '성야소하 패야소하(成也蕭何 敗也蕭何)'라는 고사성어가 생겼다.

# 고사성어로 본 초패왕 항우의 일생

기원전 3세기에 시작되었지만 이천 년이 넘은 지금까지도 승패를 겨루고 있는 전쟁이 있다. 바로 초한 전쟁이 그것으로, 우리가 두는 장기판 위에서 초나라와 한나라의 전쟁은 여전히 현재 진행형이다. 그만큼 항우와 유방의 초한 전쟁은 흥미로울 뿐만 아니라, 유방이 항우를 물리치고 천하통일을 이뤘음에도 사람들이 항우의 패배에 아쉬움을 느끼기 때문이기도 하다.

항우(項羽)는 초나라의 대장군 항연의 손자로, 우(羽)는 자(字)이며 이름은 적(籍)이다.

모든 면에서 유방보다 한 수 위에 있었던 항우는 자신의 용맹함을 과신하고 독선과 아집으로 주변의 의견을 받아들이지 않는 성격의 리더였다.

사마천은 사기에서 항우는 독단독행(獨斷獨行), 다른 사람의 말을 잘 듣지 않고 자기 마음대로 행동할 뿐만 아니라, 어질고 능력 있는 사람을 질투하고 시기한다는 뜻의 투현질능(妬賢嫉能)의 인물이라고 묘사하고 있다.

반면에 항우의 경쟁자였던 유방은 여러 사람의 의견을 경청하고 한신, 소하, 장량 같은 능력 있는 인재를 등용하는 군책군력(群策群力)과

지인선용(知人善用)의 자세로 패권을 잡을 수 있었다고 칭찬했다.

일거양득(一擧兩得)과 사면초가(四面楚歌)는 항우의 시작과 끝을 상징하는 대표적인 고사성어라고 할 수 있다.

일거양득은 한 가지 일로 두 가지 이익을 얻는다는 뜻이다.

절세미인 우희(우미인)에게 많은 남자가 청혼을 했는데, 우희는 커다란 가마솥을 집 앞에 두고 그 솥을 들어 올리는 사내의 아내가 되겠다고 했다.

아무도 그 솥을 들지 못했지만 항우는 단숨에 솥을 들어 올렸다. 그러자 우희는 항우의 여인이 되었고, 소식을 전해 들은 초나라의 많은 젊은이가 항우에게 모여들었다.

항우는 가마솥 하나를 들어 올려 미인과 군사를 한꺼번에 얻게 되었고, 이 일화로부터 일거양득의 고사성어가 유래하게 되었다.

파부침주(破釜沈舟)는 밥 지을 솥을 깨뜨리고 돌아갈 배를 가라앉힌다는 뜻으로, 죽기로 싸우고 패배하면 살아서 돌아가지 않겠다는 결의를 비유하는 표현이다.

항우는 조나라와 진나라 군대가 싸우고 있는 거록 지역으로 가기 위해 황하를 건너자마자 취사용 가마솥을 부수고 타고 온 배를 가라앉혀 패할 경우 결코 돌아갈 수 없다는 결의를 다졌다. 이에 항우의 병사들은 필사적으로 진나라 군대를 공격해 거록을 포위하고 있던 진나라 장군 장한이 이끄는 대군을 괴멸시켰다.

홍문지연(鴻門之宴)이라 불리는 홍문의 연회는 중국의 역사를 바꾼 술자리였다. 또한 초한 전쟁에서 가장 드라마틱하고 가슴을 졸이게 하는 장면이기도 하다.

유방이 진나라의 수도 함양에 먼저 입성하자 항우는 대군을 이끌고 함곡관을 단숨에 격파한 뒤 함양에서 멀지 않은 홍문에 주둔했다.

초나라 회왕이 함양에 먼저 입성하는 사람을 관중의 왕으로 삼겠다고 약속한 바 있어 항우는 유방의 본심을 알아보기 위해 홍문에서 연회를 열고 유방을 불렀다.

유방은 당장은 항우에게 맞설 형편이 아니었기에 번쾌, 장량과 함께 홍문으로 와서는 항우에게 굴욕적으로 사죄하는 척 연기를 했다.

항우가 홍문에서 연회를 베푼 것은 책사인 범증의 계략에 따라 항우의 장수가 칼춤을 추다가 유방을 죽이기 위한 목적에서였다. 그러나 항우는 유방의 비굴하고 아첨하는 말에 속아 끝내 범증의 말을 듣지 않았다. 연회 도중 유방은 볼일을 보러 가는 척하면서 홍문을 탈출했고, 유방이 달아난 것을 안 범증은 탄식하며 항우를 질책했다.

유방은 항우에게 무릎을 꿇은 것으로 위기에서 벗어나 훗날 천하를 차지하는 기회를 얻었고, 항우는 범증의 뜻을 거절함으로써 손에 들어온 천하를 놓치고 끝내는 유방에게 패하는 결과를 가져왔다. 이로부터 홍문지연은 생사를 가를 만큼 가슴 졸이는 정치적 담판을 의미하게 되었다.

예나 지금이나 사람들은 출세하고 성공해서 고향으로 돌아가는 금의환향(錦衣還鄕)을 큰 기쁨으로 여긴다.

항우가 진나라의 수도인 함양에 입성해 3세 황제 자영을 죽이고 진을 멸망시켰을 때 참모들은 지세가 견고하고 땅이 비옥한 함양을 초나라의 새 수도로 삼고 인근의 관중을 발판으로 천하를 도모할 것을 권했다.

그러나 항우는 "내가 공을 세웠는데 고향에 돌아가 자랑하지 않는다면 비단옷을 입고 밤에 돌아다니는 금의야행(錦衣夜行) 꼴이 아니고 무엇인가. 비단옷을 입었으면 고향으로 돌아가는 금의환향을 하는 것이 마땅하다."라며 부하들의 의견을 무시한 채 함양 궁궐을 불태우고 초나라의 작은 도읍인 팽성으로 돌아갔다. 이 일화에서 금의환향과 함께 금의야행이란 고사성어가 유래했다.

진나라를 멸망시키고 고향 팽성으로 돌아온 항우는 나라 이름을 '서초'로 하고 스스로 서초패왕(西楚霸王)이 된 뒤에 초 회왕을 제거해 버렸다.

또한, 항우는 자신을 도왔던 반란군 장수들을 각 지역의 제후 혹은 왕으로 봉하는 논공행상을 했지만 원칙이 없고 자의적이어서 불만을 품지 않은 자가 없었다. 그중에서도 유방은 서쪽 오지인 사천 방면의 한왕(漢王)으로 봉해져 '좌천(左遷)' 소리를 들었는데, 이후 유방이 다른 왕들과 연합하여 항우 타도에 나서게 되고 초한 전쟁이 본격화되었다.

건곤일척(乾坤一擲)이란 하늘과 땅을 걸고 주사위를 한 번 던져서 결정한다는 뜻으로, 운명을 건 한판 승부를 일컫는 말이다.

초한 전쟁에서 항우와 유방은 일진일퇴의 공방전을 벌이다가 홍구를 경계로 천하를 양분하기로 합의하고 싸움을 멈췄다. 항우는 포로로 잡고 있던 유방의 아버지와 아내를 풀어주고 초나라의 도읍인 팽성을 향해 철군하기 시작했다.

이에 유방도 철군하려 했지만 참모인 장량과 진평이 유방에게 진언했다.

"초나라 군사들은 지쳐 있는 데다가 군량마저 바닥이 났습니다. 지금 치지 않으면 호랑이를 길러 후환을 남기는 꼴이 될 것입니다."

이 말을 들은 유방은 말머리를 돌려 건곤일척의 승부수를 띄웠고, 항우를 추격해 해하에서 초나라 군사를 포위하게 된다.

사면초가(四面楚歌)는 적에게 둘러싸여 누구의 도움도 받을 수 없는 고립무원의 상태를 이르는 말로, 위의 건곤일척 일화에서 이야기한 해하 전투에서 유래한 말이다.

퇴각하던 항우의 군대는 해하에 주둔하고 있었는데 병력은 부족했고 식량도 떨어진 상황에서 한나라 군사들에게 여러 겹으로 포위되어 있었다. 그런데 밤에 한나라 군대가 있는 곳에서 초나라 노래가 들려왔고, 초나라 군사들은 크게 낙담하고 사기가 떨어졌다.

이미 형세가 기운 것을 직감한 항우는 우희와 함께 슬퍼하며 해하가(垓下歌)를 지어 시운이 따르지 않아 어쩔 수 없는 자신의 운명을 원망했다.

力拔山兮氣盖世 (역발산혜기개세)
時不利兮騅不逝 (시불리혜추불서)
騅不逝兮可奈何 (추불서혜가내하)
虞兮虞兮奈若何 (우혜우혜내약하)
힘은 산을 뽑고 기개는 세상을 덮을 만한데
시세가 불리하니 오추마가 나아가지 않는구나
오추마가 나아가지 않으니 어찌하겠는가
우희여! 우희여! 너를 어찌할까나

결국 우희는 자결하고 항우는 끝끝내 포위를 뚫고 오강까지 갔으나 더 이상 도망가지 않고 유방의 군대와 맞서다 최후를 맞으니 이렇게 초한 전쟁이 대단원의 막을 내리게 되었다.

훗날 당나라의 시인 두목은 항우가 죽은 오강 변 정자에서 '제오강정(題烏江亭)'이란 시를 지어 해하 전투에서 패한 항우가 권토중래(捲土重來), 즉 일단 강동으로 퇴각했다가 다시 도전하지 않고 서른한 살 젊은 나이에 생을 마감한 것을 아쉬워했다.

오늘날에도 많은 중국인이 경극 패왕별희(霸王別姬)를 보며 항우와 우희의 사랑과 죽음에 연민의 정을 표하고 있다.